Nur einen Klick entfernt

KIRA GEMBRI

Nur
einen
Klick
entfernt

Roman

© Kira Gembri, Wien 2016
Umschlaggestaltung: © Kira Gembri
Umschlagmotive: © Robert Adrian Hillman und rudall30
(shutterstock)

Alle Rechte vorbehalten

ISBN 978-1523856381

kira_gembri@hotmail.com
www.facebook.com/kira.gembri

PROLOG

*Glosse im Online-Magazin ZEITGESPENST
am 31. Dezember:*

BIEDERMEIER RELOADED

Nun haben wir ihn also erreicht, mal wieder schneller, mal wieder überraschender als jemals zuvor: den Jahreswechsel. Während die einen noch fleißig Massengrüße in den verschiedenen sozialen Netzwerken absetzen, verkünden andere, „für die nächsten Tage offline" sein zu wollen – nur um zwei Stunden später das letzte Selfie des Jahres zu posten, mit einem Sektglas in der freien Hand und einem reuelosen Lächeln im Gesicht. So oder so dürfen wir morgen früh als erste Tat des neuen Jahres unsere Likes ernten, unsere Klicks und Retweets, und uns darin sonnen. Irgendwie haben wir ja auch alles richtig gemacht. Im vergangen Jahr waren wir so kreativ, kommunikativ, innovativ wie nie. Dass wir für unsere meistbejubelten Erfolge kaum einen Schritt vor die Tür hätten setzen müssen, fällt uns gar nicht weiter auf. Warum auch, wenn sich jeder „Gefällt mir"-Klick wie ein Schulterklopfen anfühlt und jeder Herzchen-Kommentar wie ein Kuss auf die Wange? Es ist nicht etwa so, wie die ältere, verblendete Generation uns vorwirft – dass wir taten- und gedankenlos vor dem Bildschirm hocken. Wir tun schon gerne etwas, aber am liebsten tun wir *so als ob.*

Wozu in einen richtigen Laden gehen, wenn man auch online in Büchern blättern, ja sogar Kleidung mittels Ganzkörperfoto „anprobieren" kann? Wozu die Gesichtsmuskulatur strapazieren, wenn uns

WhatsApp demnächst jede Menge neue Emojis beschert? Ein momentaner Trend könnte sogar die Aktivität im Schlafzimmer auf das Zehn-Finger-System reduzieren: In sogenannten „Private Booths" dürfen wir via Webcam einer anderen Person beim Ausziehen zuschauen, während wir mit ihr chatten – und selbstverständlich nicht unser Gesicht zeigen. Das ist einerseits interaktiver als ein Porno, andererseits genauso unpersönlich.

Anonyme Intimität, Nähe aus der Ferne: ein Paradox, das die *Digital Natives* gar nicht mehr erkennen. Mit jeder weiteren virtuellen „Lebenserleichterung", die uns in Wirklichkeit zentnerschwer aufs heimische Sofa drückt, fühlt sich das alles normaler an. In diesem Sinne bleibt nur zu hoffen, dass das neue Jahr nicht viel Neues bringt, aber dafür ein wenig vom Alten zurückkehren lässt: ein bisschen Echtes, ein bisschen *Real Life*. Bevor wir endgültig in der Versenkung des nächsten Biedermeier-Zeitalters verschwinden …

Kommentar von Tom Arendt (16:23): Mir ist noch ein Paradox aufgefallen: ein Online-Journalist, der gegen das Internet wettert.

Automatische Antwort (16:24): Lieber Leser von ZEITGESPENST online, Ihr Kommentar wartet noch auf Freischaltung durch einen unserer Redakteure. Wegen der Feiertage kann dies etwas länger dauern als normalerweise; dafür bitten wir um Verständnis.

Nach 1 Stunde
SMS an Tom:
Hallo,

ich wünsche dir einen guten Rutsch, mein Schatz. Während der Partyvorbereitungen habe ich heute daran gedacht, wie schön es wäre, wenn du plötzlich bei uns vor der Tür stehen würdest – einfach so. Aber mach dir keine Sorgen, ich bin dir nicht böse. Alles Liebe, auch von Karl!
Bussi,
Mama
P.S. Ich hoffe, dein Weihnachtsgeschenk hat dir gefallen? Ich war mir nicht sicher wegen der Größe, und ob du vielleicht abgenommen hast. Du isst doch ordentlich?

Nach 3 Stunden
Im TeamSpeak eines Online-Games:
Thors Tomahawk (Tom): Gutes Spiel, Leute.
Zerschmetterling (Flocke): Ich glaub, die sind schon alle weg.
Thors Tomahawk (Tom): Okay – gutes Spiel, Flocke! Unhöfliches Pack.
Zerschmetterling (Flocke): Ja, null Respekt vor dem Clanführer!
Thors Tomahawk (Tom): Dabei war das eben unsere 100. Schlacht in diesem Jahr.
Zerschmetterling (Flocke): Echt? Da soll noch mal jemand behaupten, ich wär faul xD
Thors Tomahawk (Tom): Lust auf ein letztes Gemetzel heute Abend?

Zerschmetterling (Flocke): Sorry, ich kann nicht. In meiner WG steigt gleich 'ne fette Party. Bei dir ist doch nachher sicher auch was los, oder?

Thors Tomahawk (Tom): Klar, hab ein paar Freunde eingeladen. Dann bis die Tage.

Zerschmetterling (Flocke): Rutsch gut rüber, Alter!

(Zerschmetterling ist offline.)

Toms Google-Suchbegriffe der folgenden Stunde:
„Big Bang Theory neue Staffel"
„youtube epic fail video"
„Pizzaservice Silvester Lieferzeiten"
„Eva Green hot"
„Zeitgespenst online"
„Private Booth"

Verfügbare Chatrooms und ihre Betreiber:
Private Booth 2: Hoochie Mama DoppelD (30 J.)
Private Booth 3: FlauschiHasii<3 (19 J.)
Private Booth 7: luna lustgood (24 J.)
Private Booth 11: Eiserne_Lady (55 J.)

Info: „Thors Tomahawk" betritt Private Booth 7.

1. KAPITEL

Thors Tomahawk: Hallo.

luna lustgood: Hi, Süßer!

Thors Tomahawk: Sag mal, ist deine Web-Cam falsch eingestellt? Ich sehe dich nur vom Hals abwärts.

luna lustgood: Du bist anscheinend zum ersten Mal hier. Aber glaub mir, das ist genau der Bildausschnitt, in dem sich alles Wichtige abspielt ;)

Thors Tomahawk: Aha. Nettes Shirt.

luna lustgood: Warte, bis du siehst, was drunter ist …

Thors Tomahawk: Ich hab so eine ungefähre Ahnung.

luna lustgood: LOL. Da ist wohl jemand ein bisschen schlecht gelaunt. Aber keine Sorge, ich tau dich schon noch auf. Erzähl doch mal, worauf du so stehst?

Thors Tomahawk: Hauptsächlich role-playing games.

luna lustgood: Ah, was denn für Rollenspielchen …?

Thors Tomahawk: World of Warcraft, League of Legends und so.

(Nach 1 Minute)

Thors Tomahawk: Hallo?

luna lustgood: Du bist doch volljährig, oder?

Thors Tomahawk: Ich bin 26.

luna lustgood: Dann weißt du sicher, wie meine Frage eigentlich gemeint war ;)

Thors Tomahawk: Ich arbeite mich langsam vor. Was dagegen?

luna lustgood: Du bezahlst zwei Euro pro Minute in der Private Booth.

Thors Tomahawk: Ist doch gut für dich. Oder musst du heute noch zu einem Feuerwerk?

luna lustgood: Nur zu dem in deiner Hose ;)

Thors Tomahawk: Wow. Das ist ja wie Bullshit-Bingo mit Pornobegriffen. Was antwortest du, wenn ich jetzt frage, ob dein Abfluss verstopft ist? Oder warum da Stroh liegt?

(Nach 30 Sekunden)

luna lustgood: Möglicherweise solltest du lieber zu Elfriede rübergehen. Die weiß, wie man Typen wie dich anpackt.

Thors Tomahawk: Elfriede?

luna lustgood: Eiserne_Lady in Booth 11.

Thors Tomahawk: Ach so. Danke. Aber nein danke.

luna lustgood: Soll ich dann vielleicht anfangen, mich auszuziehen?

Thors Tomahawk: Wenn dir sonst zu heiß wird, tu dir keinen Zwang an.

luna lustgood: Ich will nur dafür sorgen, dass *dir* heiß wird ;)

Thors Tomahawk: BINGO!

(Nach 50 Sekunden)

luna lustgood: Okay, pass mal auf. Wenn du dich schon wie ein Troll benehmen willst, warum dann nicht in irgendeinem Forum, wo es gratis ist? Ich versuche hier nur, meinen Job zu erledigen! Und wie erbärmlich muss man überhaupt sein, um am Silvesterabend sinnlos in einem Erotik-Chat herumzuhängen?!

Thors Tomahawk: Das kann ich doch gleich mal an dich zurückgeben.

luna lustgood: Fick dich.

(Nach 2 Minuten)

Thors Tomahawk: Weißt du, was merkwürdig ist? Ich kann dir ja beim Tippen zuschauen, und das sieht immer gleich aus: Du beugst dich ein bisschen vor, der Ausschnitt von deinem Shirt verrutscht (sicher so gewollt?), und dann hämmerst du was auf der Tastatur. Aber dein „Fick dich" wirkt nicht anders als dein „Hi, Süßer". Was machst du für ein Gesicht dabei? Und jetzt schick mir bitte kein Smiley. Bei deinem ständigen Zwinkern vorher konnte man meinen, du hättest eine Bindehautentzündung.

luna lustgood: Reicht dir auch eine Geste?

Thors Tomahawk: Jetzt mal im Ernst. Warum chattest du lieber mit irgendeinem Fremden, anstatt auf einer Silvesterparty die Sau rauszulassen?

luna lustgood: Wenn du es genau wissen willst, mein Hund hat wahnsinnige Angst vor Feuerwerksraketen. Der zittert bei jedem Knall. Also verzichte ich heute auf Partys und bleibe lieber bei ihm. Aber Silvester wird ohnehin total überbewertet. Ein Abend wie jeder andere, an dem ich genauso gut ein bisschen Geld verdienen kann.

Thors Tomahawk: Damit hast du allerdings recht.

luna lustgood: Womit?

Thors Tomahawk: Dass Silvester überbewertet wird. Mir fallen spontan jede Menge Sachen ein, die typischerweise dazugehören und auf ganzer Linie enttäuschen.

luna lustgood: Du kannst dir gern die Zeit nehmen, alle aufzuzählen. Ist ja dein Geld, das du gerade verschwendest.

Thors Tomahawk: Erstmal natürlich Raketen. Da bin ich ganz bei deinem Hund. Außerdem Bleigießen – abgesehen davon, dass es giftig ist, kommen dabei doch nur undefinierbare Klumpen raus.

luna lustgood: Marzipanschweine. Super eklig.

Thors Tomahawk: Der Witz: „Wir sehen uns dann nächstes Jahr", wenn einfach nur der nächste Tag gemeint ist.

luna lustgood: Massen-SMS.

Thors Tomahawk: Und am schlimmsten sind die Neujahrsvorsätze.

luna lustgood: Die finde ich eigentlich okay.

Thors Tomahawk: Ich weiß, die meisten Leute fühlen sich ganz toll, wenn sie eine lange Liste von Vorsätzen haben. Aber ist dir klar, dass das eigentlich eine Liste von Dingen ist, bei denen du im vergangenen Jahr versagt hast?

luna lustgood: Echt schade, dass du heute allein zu Hause sitzt. Du bist garantiert die Stimmungskanone auf jeder Party.

Thors Tomahawk: Deine Liste ist vermutlich auch sehr lang, oder, luna lustgood?

luna lustgood: Das geht dich gar nichts an.

Thors Tomahawk: Was steht denn an erster Stelle?

luna lustgood: Hör auf!

Thors Tomahawk: Vielleicht willst du dir einen Job suchen, bei dem auch der Körperteil *über* deinem Dekolleté eine Rolle spielt?

Info: „luna lustgood" hat den Chat beendet. Wir hoffen, Sie hatten eine heiße Zeit in der Private Booth!

2.KAPITEL

1. Januar
Verfügbare Chatrooms und ihre Betreiber:
Private Booth 1: Busty Berta (41 J.)
Private Booth 8: Romeo's-Julie-wet (28 J.)

2. Januar
Verfügbare Chatrooms und ihre Betreiber:
Private Booth 4: MockingGay (33 J.)
Private Booth 11: Eiserne_Lady (55 J.)
Private Booth 13: KleeneMaus (35 J.)

3. Januar
Verfügbare Chatrooms und ihre Betreiber:
Private Booth 5: *College Cutie* (20 J.)
Private Booth 7: luna lustgood (24 J.)
Private Booth 11: Eiserne_Lady (55 J.)

Info: „Thors Tomahawk" betritt Private Booth 7.

luna lustgood: NEIN.
Thors Tomahawk: Hallo …
luna lustgood: Nenn mir einen Grund, warum ich dich nicht sofort wieder aus meiner Booth kicken sollte!
Thors Tomahawk: Ich war in den letzten Tagen mehrmals hier, um mich zu entschuldigen. Aber du warst wohl offline.
luna lustgood: Ich hab noch ein Leben außerhalb dieses Chatrooms – eines, in dem mein Kopf „eine Rolle spielt". Auch wenn du dir das anscheinend nicht vorstellen kannst.

Thors Tomahawk: Doch, klar. Und es tut mir leid, dass ich dir diesen Mist geschrieben habe. Ich hab mich echt wie ein Arsch benommen.

luna lustgood: Passt schon, das ist nichts Neues für mich. Ärsche gehören in diesem Geschäft dazu.

Thors Tomahawk: Äh, ja. Wahrscheinlich zählen sie sogar zu den Top 3 der wichtigsten Körperteile.

luna lustgood: So hab ich das nicht gemeint, sondern dass man hier immer wieder unangenehmen Typen begegnet! Willst du mich wieder ärgern?!

Thors Tomahawk: Nein, sorry. Ich möchte mich wirklich entschuldigen.

luna lustgood: Das hast du ja jetzt getan. Für den Spottpreis von sechs Euro. Sonst noch was?

Thors Tomahawk: Und mir ist eine weitere Sache eingefallen, die an Silvester echt scheiße ist.

luna lustgood: Sich mit einem Fremden darüber zu streiten, wer im vergangenen Jahr mehr versagt hat?

Thors Tomahawk: Allein zu sein.

(Nach 30 Sekunden)

Thors Tomahawk: Bist du noch da?

luna lustgood: Ja.

Thors Tomahawk: Okay, ich dachte schon, das Bild wäre eingefroren.

luna lustgood: Du wolltest also in der Neujahrsnacht einfach nur … jemanden zum Reden?

Thors Tomahawk: So was in der Art. Vielleicht war ich auch schräg drauf wegen der ganzen Raketen-knallerei. Übrigens, wie geht's deinem Hund?

luna lustgood: Der hat sich längst erholt, liegt zu meinen Füßen und schläft.

Thors Tomahawk: Zeigst du ihn mir?

luna lustgood: Von allem, was ich dir zeigen könnte, willst du ausgerechnet meinen HUND sehen? Das geht leider nicht. Wir haben strikte Anweisung, die Kamera auf nichts Persönliches aus unserem Umfeld zu richten.

Thors Tomahawk: Verstehe. Habt ihr auch Kleidervorschriften?

luna lustgood: Es ist ratsam, welche zu tragen – jedenfalls am Anfang. Der Weg ist das Ziel, du weißt schon.

Thors Tomahawk: Ha, ich muss nicht mal dein Gesicht sehen, um zu erkennen, dass du eine Grimasse schneidest. Und noch was: Werd jetzt nicht sauer, aber man merkt, dass du frierst.

luna lustgood: Stimmt doch gar nicht!

Thors Tomahawk: Entweder, du hast eine Gänsehaut, oder das Bild ist an den falschen Stellen verpixelt. Komm schon, du kannst dir gern was drüberziehen. Ist nicht gerade die passende Jahreszeit für Tanktops.

luna lustgood: Wow, also das ist … neu. Vielleicht bist du doch nicht wie die üblichen Ärsche, Thors Tomahawk.

Thors Tomahawk: Nein. Wenn ich schon ein Arsch bin, dann wenigstens ein origineller. Das „Thors" und das „-ahawk" kannst du übrigens gerne weglassen.

luna lustgood: Und du das „lustgood", Tom.

Thors Tomahawk: Danke, Luna. Der Nickname hat den Nerd in mir ohnehin ein bisschen verunsichert.

luna lustgood: Sei froh, dass du noch nicht „Gryffinwhore" in Booth 10 begegnet bist.

Thors Tomahawk: MockingGay hat mir schon gereicht. Was ist jetzt mit dem Pulli?

luna lustgood: Ach ja. Bin sofort zurück!

(Nach 2 Minuten)

Thors Tomahawk: Sehr hübsch. Lass mich raten – ein selbstgestricktes Weihnachtsgeschenk?

luna lustgood: Alles, was du darüber lästerst, erzähl ich gleich morgen meiner Tante Beate.

Thors Tomahawk: Ich bin schon still. Wer im Glashaus sitzt, soll ja nicht mit Stricknadeln werfen. Jedenfalls kann ich froh sein, dass keine Webcam auf *mich* gerichtet ist.

luna lustgood: Sind es bei dir etwa auch Rentiere???

Thors Tomahawk: Schlimmer. Skifahrende Nikoläuse.

luna lustgood: Das glaube ich dir erst, wenn ich's sehe!

Thors Tomahawk: Keine Chance. Das Problem ist ja nicht nur das Design, sondern auch die Passform. Meine Mutter scheint zu glauben, dass ich zweieinhalb Meter groß bin – das Ding hat Ärmel wie 'ne Zwangsjacke.

luna lustgood: Hat sie so ein schlechtes Augenmaß?

Thors Tomahawk: Meine Mom? Nein. Sie hat mich nur eine ganze Weile nicht gesehen.

luna lustgood: Warst du denn an Weihnachten gar nicht bei ihr?

Thors Tomahawk: Ich konnte nicht, hatte andere Verpflichtungen. Die Nikoläuse haben mich per Post heimgesucht, aber so schlimm sie auch aussehen – sie sind erstaunlich bequem.

luna lustgood: Am liebsten würde ich mich heute auch nicht mehr von den wolligen Rudolphs trennen. Ehrlich gesagt ist es ziemlich nervig, in engem Top und Minirock vor dem PC zu sitzen. Bequeme Klamotten mochte ich immer schon lieber, darum hab ich sogar auf meinem Abschlussball ausgelatschte Chucks getragen.

Thors Tomahawk: Zu welchem Kleid?

luna lustgood: Einer bodenlangen, dunkelblauen Robe. Ich dachte, kein Mensch würde meine Schuhe bemerken, aber im Laufe des Abends wurde ich von mindestens zehn verschiedenen Leuten – darunter auch meine Rektorin – gefragt, ob ich auf dem Weg zur Schule in Hundescheiße getreten bin.

Thors Tomahawk: Falls es dich tröstet, ich hätte da eine viel peinlichere Abschlussball-Story auf Lager.

luna lustgood: Erzähl!

Thors Tomahawk: Würde ich nur zu gern. Es gibt da allerdings ein klitzekleines Problem.

luna lustgood: Du müsstest mich danach umbringen?

Thors Tomahawk: Das nicht, aber ich habe diesmal auch einen Neujahrsvorsatz, obwohl ich so etwas eigentlich hasse: Ich will ein bisschen mehr auf meine Finanzen achten. Für Gespräche mit Frauen in Rentierpullovern hatte ich eigentlich nur fünfzig Euro veranschlagt … die jetzt fast aufgebraucht sind.

luna lustgood: Hey, du kannst mich doch nicht so hängenlassen!

Thors Tomahawk: Die verbleibende Minute reicht niemals aus, um die ganze Geschichte zu tippen.

luna lustgood: Komm schon, zumindest eine Kurzfassung?

Thors Tomahawk: Dann müsste ich aber bestimmte Details weglassen ...

luna lustgood: TO-HOM!

Thors Tomahawk: Sehr kompromittierende Details.

luna lustgood: Was kann ich tun, damit du sie ausspuckst?

Thors Tomahawk: Du könntest mir deine E-Mail-Adresse geben.

luna lustgood: Ach! Darauf läuft das also hinaus, ja?

Thors Tomahawk: Die Details betreffen unter anderem eine verbotene Kammer.

luna lustgood: Ich mach das sonst echt nie ...

Thors Tomahawk: Und jede Menge Alkohol, dafür umso weniger Klamotten.

luna lustgood: Das ist sicher keine gute Idee.

Thors Tomahawk: Noch zwanzig Sekunden!

luna lustgood: AAAH ICH KANN SO NICHT NACHDENKEN

Thors Tomahawk: Noch zehn!

luna lustgood: §P%89hgp389&HBp5

Thors Tomahawk: Ich schick dir auch ein Bild von meinem Pulli.

luna lustgood: lunas_lullaby@gmx.net. Zufrieden??

Thors Tomahawk: Ungemein. Schlaf gut, Rudolph.

luna lustgood: Du Spinner. Gleichfalls!

Info: „Thors Tomahawk" hat Private Booth 7 verlassen.

3. KAPITEL

Am nächsten Tag (4. Januar, 11:08)
Von: t-arendt@snappysoftware.com
An: lunas_lullaby@gmx.net
Betreff: Wie versprochen
Liebe Luna,

genau genommen war es nicht mein Abschlussball, sondern der Schulball im Jahr davor. Gilt das auch? Das war mein erster und letzter Besuch auf so einer Veranstaltung, und ich wollte eigentlich gar nicht hingehen. Zu dieser Zeit hab ich mich überhaupt nur selten in der Schule blicken lassen, und keine zehn Pferde hätten mich auch noch abends dort hingebracht. Zehn Pferde nicht, aber Raven.

Raven hieß eigentlich Rebecca, und in einem amerikanischen High-School-Movie wäre sie die inoffizielle Queen der Schule gewesen. Offiziell war das wohl Sarah mit den blonden Locken, aber ein Viertel der Jungs fuhr eher auf Raven mit den lila Strähnen und den Doc-Martens-Stiefeln ab. Egal, welcher Fraktion man nun angehörte, wir waren totale Idioten. Ich hab mir sogar die Haare wachsen lassen, nur weil Raven mal behauptet hat, ich würde dann ein bisschen so aussehen wie Heath Ledger in „10 Dinge, die ich an dir hasse". Ihrer Meinung nach gab es nichts Cooleres als Bad Boys, und mit meinen massenhaften Fehlstunden fiel ich wohl genau in diese Kategorie. Nachdem sie mich gefragt hatte, ob ich sie zum Ball begleite, war ich natürlich zur Stelle – ebenfalls in Doc Martens, zerrissenen schwarzen Jeans und einem verbeulten Frack aus der Altkleidersammlung. Wir beide hätten locker als Hauptdarsteller aus einem Tim-Burton-Film durchgehen können. Innen war ich allerdings nicht pechschwarz, sondern eher dunkelblau. Weil es auf dem Ball keinen Alkohol geben würde, hatte ich zu Hause etwas zu großzügig vorgesorgt. Das nur, um folgende Punkte zu erklären:

1. Wir blieben nicht lange bei den anderen Schülern in der Aula.

2. Wir landeten in einer Rumpelkammer neben dem Biologiesaal.

3. Jeans und Frack lagen schon auf dem Boden, während ich immer noch dabei war, an der voll bekleideten Raven herumzubasteln. Hast du schon mal versucht, in total betrunkenem Zustand ein Korsett zu öffnen? Wenn nicht, lass es. Das funktioniert nicht und zwingt dich nur, eine Weile nichts anderes auf dem Schirm zu haben als diese 5738 Ösen.

Und das führt mich zu:

4. Wir hatten vergessen, die Tür abzusperren.

Als wir von draußen Gepolter und Stimmen hörten, war es schon zu spät. Jedenfalls für mich. Die Tür flog auf, und ich realisierte neben mir eine schnelle Bewegung, mit der Raven hinter einer Kommode in Deckung ging. Im ausbrechenden Tumult muss sie es dann irgendwie geschafft haben, zwischen besorgten Lehrern und sensationsgeilen Schülern zu verschwinden. Alles, was die Schaulustigen vor ihren Augen und Handykameras hatten, waren also ich, meine Boxershorts … und das Schulskelett an meiner Seite. Genannt: Herbert. Ich hatte Herbert ganz vergessen, und das ist schon irgendwie komisch, weil er auf den Handykamera-Fotos neben mir stand. Also wirklich DIREKT neben meinem nahezu nackten, auf frischer Tat ertappten, siebzehnjährigen Ich.

Weil man ja aus Schaden klug werden soll, habe ich aus diesem Erlebnis gleich zwei Fazits gezogen: Gerüchte über Personen, die „gothic" aussehen, kennen keine Grenzen. Und: Es gibt viele dreckige Witze, die sich auf das angebliche erotische Interesse an Skeletten beziehen (*Hey Tom, kriegst du schon wieder einen … boner?*).

Kurz und gut: Der Tim-Burton-Frack wanderte zurück in die Altkleidersammlung, meine Bad-Boy-Frisur fiel einer Schere zum Opfer, und der nächste Ball ging ohne mich über die Bühne.

Liebe Grüße von Tom, der bis heute nicht „Corpse Bride" sehen kann, ohne im Boden zu versinken!

P.S. Im Anhang findest du ein Selfie, auf dem mein Pullover in all seiner nikoläuslichen Pracht zur Geltung kommt. Habe ich den Wettbewerb um das peinlichste Oberteil nun gewonnen?

Nach 3 Tagen (7. Januar, 14:15)
Luna:
Hallo Tom,

danke für dein „Pullfie" – du hast wirklich nicht übertrieben, obwohl ich gerne etwas weniger von den Nikoläusen gesehen hätte und dafür etwas mehr von dir. Ein potentielles Heath-Ledger-Double hätte mich schon interessiert, mit langen Haaren oder ohne. Aber vielleicht ist es auch besser so. Auf diese

Weise muss ich dir gedanklich nicht in die Augen schauen, während ich dir schreibe:

Bitte lösch meine E-Mail-Adresse wieder. Es war blöd von mir, sie dir zu geben. Dadurch habe ich gegen die oberste Regel meines Berufs verstoßen, die nicht etwa mit Kleidervorschriften oder persönlichen Gegenständen zu tun hat, sondern damit, meinen Kundenkontakt strikt auf die Private-Booth-Webseite zu beschränken. Es klingt vielleicht merkwürdig, aber innerhalb der „vier Wände" des Chatfensters fühle ich mich sicher. Ich verhalte mich dann wie ein Roboter, der ein bestimmtes Programm abspielt und sich ganz darauf verlassen kann. Dein Vorwurf mit dem „Bullshit-Bingo" hat den Nagel genau auf den Kopf getroffen: Vom „*Hi Süßer*" bis zum „*So viel Spaß hatte ich schon lange nicht mehr – besuch mich doch bald mal wieder ;)*" schreibe ich alles automatisch, füge manche Sätze sogar via Copy/Paste ein, während ich mich aus meinen Klamotten schäle. Nicht mal ein Korsett mit 5738 Ösen würde dabei zum Problem werden. Keiner meiner vorgefertigten Bausteine passt allerdings zu deiner schrägen und viel zu persönlichen Erzählung. Du hast mein System völlig lahmgelegt, und jetzt, nach drei Tagen des Grübelns, weiß ich immer noch nicht, was ich dir antworten soll. Klar, ich bin es gewohnt, mit fremden Kerlen zu chatten, doch die wollen sich hauptsächlich über meine Brüste unterhalten. Das gehört für mich zum Alltag, aber die Sache mit dir fällt komplett aus dem Rahmen, und damit kann ich momentan nicht umgehen. Ich hoffe, du bist mir deshalb nicht böse. Vielleicht gibst du „Corpse Bride" ja noch eine Chance (ich liebe Tim-Burton-Filme!), oder du tastest dich langsam über „Nightmare Before Christmas" an dein Trauma heran.

Viel Erfolg dabei & mach's gut!

Luna

Nach 4 Stunden
Tom:
Liebe Luna,

jetzt muss ich mir dich aber mal zur Brust nehmen. Kann es sein, dass du den Kontakt zu mir nur wegen irgendwelcher Prinzipien abbrichst, obwohl du es gar nicht willst – ganz nach dem Motto: „Zwei Seelen wohnen, ach, in meiner Brust"? Oder hätte ich mich nicht mit meiner schaurigen Schulball-Story brüsten sollen? Tut mir leid, dass ich dir in dieser Nachricht die Pistole auf die Brust setze, aber so einfach kannst du dich jetzt nicht wieder aus der Affäre ziehen. Wenn du mir im Brustton der Überzeugung eine Abfuhr erteilst, werde ich deine E-Mail-Adresse löschen, versprochen. Aber bis dahin grüßt dich aus voller Brust

dein Tom

P.S. Mehr Brüste konnte ich beim besten Willen nicht einbauen. Ich hoffe, du fühlst dich dadurch ein bisschen wie auf vertrautem Terrain …

Nach 2 Stunden
Luna:
Betreff: Verdammt!

Verdammt, Tom, muss das sein? Muss deine Nachricht das Erste sein, was mich ein bisschen zum Lächeln bringt, und mit ziemlicher Sicherheit auch das Letzte, worüber ich heute gelächelt haben werde? Ganz schön dreist von dir, dich in der Erlebnis-Hitliste dieses Tages einfach an die Spitze zu drängen!

Dabei geht es gar nicht allein um deinen Versuch, mich mit meinem Arbeitsvokabular aus der Reserve zu locken (obwohl ich dir dafür auf jeden Fall eine stolzgeschwellte Brust zugestehe!). Nein – das Erstaunlichste ist, dass du einer Frau, die du in einem Erotik-Chatroom kennengelernt hast, übertriebene PRINZIPIENTREUE vorwirfst. Die meisten Männer, die mich mit einhändig getippten FSK-18-Sprüchen volltexten, würden mir nicht einmal zutrauen, dieses Wort richtig schreiben zu können. Meine eigene Mutter wäre davon überzeugt, dass ich mein letztes bisschen Moral über Bord geworfen habe, wenn sie von meinem neuen Job wüsste. Aber du, lieber Fremder im Nikolaus-Pulli, unterstellst mir ein schlechtes Gewissen, weil ich gegen eine meiner persönlichen Sicherheitsvorschriften verstoßen habe. Und weißt du was? Du hast mich ertappt!

Vielleicht ist es so, dass ich meine Prinzipien nicht aufgegeben, sondern bloß umverteilt habe. Wenn ich schon Abend für Abend Dinge tue, mit denen ich in fünfzig Jahren nicht unbedingt vor meinen Enkeln prahlen werde, dann muss ich wenigstens die Fassade so gut wie möglich aufrechterhalten. Und die wichtigste Regel, die man als Kind eingeschärft bekommt, lautet nun mal … okay, „Nie mit einer Schere rennen", aber gleich danach folgt: „Wir sprechen nicht mit Fremden!"

Was weiß ich denn über dich, abgesehen davon, dass du mal eine Too-cool-for-school-Phase hattest und dass dich deine Mutter kleidungstechnisch offenbar mit Hagrid verwechselt? Wenn wir im Internet unterwegs sind, kommt es uns schon fast normal vor, mit Menschen zu streiten, zu flirten und Krankheitsgeschichten zu erörtern, obwohl wir nur ihre Usernamen kennen. Aber im Grunde wäre es nichts anderes, wenn sich an der Bushaltestelle ein Maskierter neben uns setzen und aus heiterem Himmel ein Gespräch mit uns beginnen würde. Und dann – so leid es mir tut, Tom – würde ich aufstehen und gehen.

Trotzdem danke für das einzige Lächeln des Tages.

Luna

Am nächsten Tag (8. Januar, 15:34)
Tom:
Betreff: Ebenfalls verdammt!
Liebe Luna,

ich hatte einen genialen Plan. Willst du ihn hören? – Tja, und das ist eigentlich schon Hauptbestandteil meines Plans: Anders als bei deinem Vergleich mit dem labernden Fremden im Real Life kannst du jetzt eben *nicht* aufstehen und weggehen. Natürlich könntest du meine Mail einfach ignorieren, aber irgendwie hoffe ich, dass du sie aus Neugier trotzdem liest.

Und genau damit solltest du in meine Falle tappen, denn ich hatte vor, dir eine so ausgefeilte und ausführliche Selbstbeschreibung zu präsentieren, dass du gar nicht anders könntest als zuzugeben: Ja, okay, du bist kein Fremder mehr.

Nicht schlecht, oder? Jedenfalls gemessen daran, dass diese Strategie aus dem Hirn eines ehemaligen Rumpelkammertürabschließvergessers stammt. Leider hat sich herausgestellt, dass mein Masterplan einen gewaltigen Haken aufweist. Ich habe mir den Kopf darüber zerbrochen, wie ich meine Wenigkeit am besten in Worte fassen könnte, und herausgekommen ist etwas, das an eine Kontaktanzeige in einem Online-Dating-Portal erinnert. Wirklich ganz, ganz grausam. Vermutlich würdest du jetzt nicht nur aufstehen und gehen, sondern kreischend davonstürmen, wenn ich dir das alles an einer Bushaltestelle vorsülzen würde. Trotzdem bringe ich es nicht fertig, das Ergebnis stundenlanger Arbeit einfach zu löschen. Also, hier hätten wir „TOM, 26 J., 185 cm, 81 kg":

Ich wurde Ende Juli geboren, bin laut Google somit ein Löwe und habe keinen Dunst, was das bedeutet. Aber ich mag Löwen, Löwen sind cool. (Edit: Habe mich gerade etwas genauer eingelesen und gut gelacht.)

Ich verbringe viel Zeit vor dem Computer, was einerseits mit meinem Job zu tun hat (Programmierer), andererseits mit der leicht entwürdigenden Tatsache, dass ich immer noch gern Online-Rollenspiele zocke. Komischerweise finde ich mehr als genug gleichaltrige Mitspieler. Hat man unserer Generation vielleicht zusammen mit den allmorgendlichen Schokopops irgendein Mittel eingeflößt, das uns daran hindert, erwachsen zu werden?

Auf meinen Musikgeschmack hatte dieses Mittel aber anscheinend keine Auswirkungen. Als Teenie fand ich es immer *lame*, wenn sich jemand nicht einer bestimmten Musikrichtung verschrieben hat, sondern „alles Mögliche" in seine Gehörgänge lässt. Inzwischen bin ich selbst so lame geworden:

Rock am Morgen, Folk und Indie Pop mittags, bei untergehender Sonne immer mehr Oldschool Heavy Metal und spät in der Nacht auch gern Klassik oder Jazz.

Von den Schokopops der 90er Jahre bin ich nie ganz losgekommen, und wahrscheinlich würde ich sogar Schuhsohlen essen, wenn sie nur frittiert wären. Um das auszugleichen, sitze, liege oder hänge ich jeden zweiten Tag auf diversen Fitnessgeräten und gebe vor, zu wissen, was ich dabei tue.

Außerdem lese ich viel. Das habe ich mir extra bis zum Schluss aufgehoben, um weder wie ein hirnloser Fitness-Freak noch wie die Typen aus „The Big Bang Theory" zu wirken (ach ja, ich gucke natürlich auch gerne Serien).

Dass ich momentan am liebsten Fantasyromane à la George R. R. Martin und Joe Abercrombie mag, verrate ich lieber nicht, weil ich sonst gleich wieder ins nerdige Fahrwasser gerate.

Und jetzt sei ehrlich – wie schlimm war das?

Nach 4 Stunden
Luna:
Ziemlich schlimm, um nicht zu sagen besorgnis-
erregend. Man muss doch in der Lage sein, sich
selbst auf originelle Weise zu beschreiben … wollte
ich dir EIGENTLICH vorwerfen, ehe ich mich auch
daran versucht habe. Oje, Tom, mit deiner Kontaktanzeige hast du es ja noch gut getroffen. Was ich zu-
stande gebracht habe, könnte ebenso gut in einem
Hello-Kitty-Freundschaftsbuch stehen! Pass auf:
Name: Luna. Ja, ich heiße wirklich so. Meine Mutter hat mich nach dem Mond benannt, weil ich als
Baby rund und käsig war. Inzwischen habe ich Form
und Farbe gewechselt, stehe aber weiterhin ohne
offiziellen Namenstag da.
Geburtstag: Am 10. März, was mich zu einer kreativen, toleranten, bescheidenen Fischfrau macht beziehungsweise hoffentlich noch machen wird. Warum musstest du über dein Horoskop lachen, du
Banause?
Augenfarbe: Dunkelbraun.
Haarfarbe: Auch dunkelbraun – irgendjemand war
da nicht sehr einfallsreich.
Lieblingsfarbe: Lustig, dass Kinder immer EINE
Farbe am liebsten mögen, oder? Vielleicht ist das so
wie mit den Musikrichtungen. In meinem Kleiderschrank gefällt mir Grün am besten, auf meinem Teller eher weniger. Gummibärchen, Chucks, Autos und
Zahnbürsten will ich am liebsten in Rot, die Zahlen
auf meinem Konto hätte ich gerne mal wieder anders, und meine Haare sollen nie mehr so sein (ich

hatte da mal eine experimentierfreudige Phase …
sprechen wir besser nicht darüber). Und wenn ich
selbst eine Farbe wäre, dann vermutlich Himmel-
blau.

Lieblingsspeise: Alles außer Spinat, siehe oben. Leider deckt sich mein Geschmack mit dem meines
Hundes Ozzie, sodass ich nur selten essen kann, ohne sofort eine hündische Version des Katers aus
„Shrek" neben mir zu haben.

Lieblingstier: Obwohl er mir mit seinen riesigen,
bettelnden Glupschaugen noch den letzten Nerv
rauben wird, hat Ozzie diesen Platz fest besetzt. Vielleicht befürchte ich aber einfach nur, dass er gerade
hinter mir lauert und mit ebendiesen Glupschaugen
auf den Bildschirm späht.

Was mir sonst noch gut gefällt: All die klassischen
Romantikkomödien mit Julia Roberts, Meg Ryan,
Renée Zellweger & Co. Ich kann mir hundertmal
vorsagen, dass diese Geschichten nichts mit der Rea-
lität zu tun haben, ein Teil von mir glaubt trotzdem
unbeirrbar an Happy Ends: strömender Regen oder
kitschiger Sonnenuntergang, schluchzende Geigen
oder beschwingte Popmusik, eine in letzter Sekunde
abgewendete Hochzeit oder eine Versöhnung am
Flughafen … ganz egal. Hauptsache, Held und Hel-
din wirken so glücklich, dass man sich als Zuschauer
eine Scheibe davon abschneiden kann.

Das mag ich überhaupt nicht: Hast du als Kind auch
immer „Streit" in diese Zeile gekrakelt? Mir ist irgendwann klargeworden, dass es noch schlimmer
sein kann, Streit zu vermeiden, indem man einander

was vorspielt. Deshalb lautet meine heutige Antwort darauf: Lügen. Oh, und Gurken-, Marmelade- oder sonstige Gläser, die sich nicht von Frauen aufschrauben lassen. Sexismus sollte wenigstens vor dem Küchenschrank gestoppt werden!

Was ich machen will, wenn ich groß bin: Schreiben. *Was ich stattdessen mache:* Mich entkleiden ;) Okay, es reimt sich nicht wirklich. Wäre „mich zeigen" besser gewesen?

Das möchte ich dir noch gerne sagen: Tom, du hinterhältiger Kerl! Erst jetzt fällt mir auf, dass du mich doch dazu gebracht hast, dir zu antworten. Dein Masterplan hat also funktioniert, aber ob wir einander nun besser kennen, ist eine andere Frage. Die meisten meiner genannten Merkmale treffen bestimmt auf hunderte, ach was tausende Frauen zu. Hab noch einen schönen Abend, wahlweise mit Orks, Klassik oder frittierten Schuhsohlen!

Luna

Nach 20 Minuten
Tom:
Komisch, dass man andere immer so einen Kram fragt, oder? Bestimmt hätten auch die Selbstbeschreibungen von Jeanne d'Arc, Leonardo da Vinci und Elvis Presley schnarchlangweilig geklungen, wenn man sich nach ihren Lieblingsfarben oder -speisen erkundigt hätte. (Wobei, Elvis hat ja zumindest das Erdnussbutter-Bananen-Speck-Sandwich berühmt gemacht.) Ob Freundschaftsbuchautor ein richtiger Beruf ist – und wie gut man damit wohl verdient?

Dir auch einen schönen Abend, liebe Luna!

P.S. Mann, was gäbe ich für ein Mondgesicht-Babyfoto von dir …

Nach 7 Minuten

Luna:

Lieber Tom,

musstest du kurz vor Beginn meiner Abendschicht Erdnussbutter-Bananen-Sandwiches erwähnen? Jetzt hätte ich solche Lust darauf!

Bevor ich mein Mailprogramm für die nächsten Stunden ausschalte, habe ich noch etwas für dich. NEIN, kein Babyfoto (da müsstest du meine Mutter fragen, die zeigt so was leidenschaftlich gern her), sondern einen Vorschlag:

Wenn du es schon unbedingt schaffen willst, dass wir einander nicht mehr als Fremde empfinden, wie wäre es dann mit einem kleinen Kennenlern-Spiel? Dabei dürfen wir nur Fragen stellen, die der andere noch nie im Leben beantwortet hat und die garantiert in keinem Freundschaftsbuch zu lesen sind. Einverstanden?

Husch und weg – Luna

Nach 5 Minuten

Tom:

Ach so, stimmt, du arbeitest ja abends. Dann will ich dich nicht weiter stören.

Meine Frage bekommst du morgen früh, ich finde die Idee super!

Am nächsten Morgen (9. Januar, 09:12)
Tom:
Betreff: Du wolltest es so!
Guten Morgen, Luna, bist du bereit? Kneifen gilt jetzt nicht mehr, das ist dir hoffentlich klar! Also, meine Frage an dich lautet:
Warst du jemals scharf auf eine Zeichentrickfigur?
Liebe Grüße von
Tom, der seit über zwanzig Jahren fast jeden Samstagmorgen mit Cornflakes & Cartoons verbringt.

Nach 43 Minuten
Luna:
Betreff: RUMMS!
Das war ich, wie ich aus dem Bett gefallen bin. Hilfe, du gehst ja gleich in die Vollen, Tom!
Soweit das möglich ist, würde ich darauf gerne etwas halbwegs Normales antworten – dass ich total für den Prinzen aus Disneys „Dornröschen" schwärme, zum Beispiel. Leider wäre das gemogelt. In Wirklichkeit war ich immer sehr angetan von Brain aus „Pinky und der Brain". Ja, okay, er ist eine durchgeknallte weiße Maus mit Wasserkopf, aber obendrein ist er brillant, ehrgeizig und sarkastisch, was ich am anderen Geschlecht sehr schätze. Und er hat eine tiefe, sexy Stimme. Wie klingt eigentlich deine Stimme, Tom?
Aber nein, das ist nicht meine Frage. Als Rache für deinen schlüpfrigen Start möchte ich lieber von dir wissen:

Wenn du wählen müsstest, würdest du dann mit einer richtig hässlichen Frau was anfangen oder mit einem umwerfend attraktiven Mann?

Luna, jetzt putzmunter

Nach 1 Stunde
Tom:
Betreff: Holzauge, sei wachsam
Liebe Luna (sprach Tom mit einer eigens aufgesetzten, brunnentiefen Bassstimme)!
Ist das eine Fangfrage? Wenn ich jetzt von hässlichen Frauen schreibe, antwortest du mir womöglich, dass ich Äußerlichkeiten nicht so wichtig nehmen soll …?
Sicherheitshalber gehen wir mal von einer Frau aus, die nicht objektiv betrachtet „hässlich" ist, sondern einfach nicht meinem persönlichen Geschmack entspricht. Oder noch besser: vor der ich richtig Schiss habe! Frau Röttgers, meine Mathelehrerin in der Oberstufe, vereint beides in ihrer Person: klapperdürre Figur, grauer Dutt, gegerbte Haut und ein Gesicht wie ein Falke auf der Jagd. Da kann ich guten Gewissens sagen, ich steige lieber mit Gerard Butler ins Bett. Und Robert Downey Junior. Jederzeit.
Dennoch straighte Grüße von Tom

Nach 2 Stunden
Luna:
Aber nein, Herr Diplomat, wo denken Sie hin! Ich baue doch keine Fallen, wenn ich mit Ihnen in solch einem heiklen Gebiet spazieren gehe. Apropos: Jetzt

muss ich leider weg vom Computer. Jeden Samstagnachmittag machen Ozzie und ich zusammen mit meiner Mutter einen Ausflug, weil sie ziemlich einsam ist, seitdem mein Erzeuger das Weite gesucht hat. Ehe ich losstarte, möchte ich dir aber noch sagen, dass ich deine Antwort super finde. Nicht viele Hetero-Kerle würden sich an so ein Gedankenexperiment heranwagen, weil sie Angst hätten, dadurch etwas von ihrer Männlichkeit einzubüßen. Was natürlich totaler Schwachsinn ist! Oder komme ich dir weniger „weiblich" vor, wenn ich dir verrate, dass ich nichts gegen ein Abenteuer mit Emma Stone einzuwenden hätte?

Ganz kalt hat dich das Thema aber anscheinend doch nicht gelassen, sodass du darüber glatt vergessen hast, mir eine Frage zu stellen. Das darfst du gerne nachholen, bis ich zurück bin. Und vielleicht wäre es gut, wenn wir schön langsam die Kurve zum jugendfreien Bereich schlagen würden. Abends, kurz vor Arbeitsbeginn, brauche ich nämlich einen kühlen Kopf. Da ist es nicht gerade hilfreich, wenn ich mir einen Verwandten von Heath Ledger zusammen mit Gerard Butler vorstelle …

Bis dann!

Luna

Nach 5 Minuten

Tom:

„Ich mit Emma Stone … und nun zurück zum jugendfreien Bereich." Klar, Luna, das ist jetzt natürlich die leichteste aller Übungen! Von wegen, du baust keine Fallen. Aber okay, ich versuche, mir eine möglichst unverfängliche Frage zu überlegen.

Freu mich schon auf heute Abend!

Tom

Nach 50 Sekunden
Luna:
Von mir noch eine ganz schnelle Frage: Wie kannst du dir mich mit Emma Stone vorstellen, wenn du doch gar nicht weißt, wie ich aussehe?

Luna *auf dem Sprung*

Nach 25 Sekunden
Tom:
Deinen Körper kenne ich ja schon.

Nach 30 Sekunden
Luna:
Oh … stimmt. Das war jetzt aber nicht besonders jugendfrei.

Nach 20 Sekunden
Tom:
Nein, wirklich nicht. Was wird aus deinem Ausflug?

Nach 25 Sekunden
Luna:
Ach ja, ähm, richtig. Bin schon weg!

Luna *springt davon*

Nach 5 Stunden
Tom:
Betreff: Schon zurück?

Hallo Luna,

wenn dir dein Spaziergang im Schneeregen nicht bereits einen kühlen Kopf beschert hat, schaffe ich das vielleicht mit folgender (absolut jugendfreier) Frage:

Würdest du auf eine einsame Insel lieber Shampoo und Zahnpasta mitnehmen oder all deine Bücher?

Cheers
Tom

Nach 32 Minuten
Luna:
Kühler Kopf ist gut, ich bin bis auf die Knochen durchgefroren. Manchmal ist meine Mutter die reinste Sklaventreiberin. Ich hoffe, deine einsame Insel liegt irgendwo in der Südsee? Wenn du noch eine Tube Sonnencreme oben drauflegst, wähle ich den Kulturbeutel.

Moment, ich hol mir schnell eine Tasse Tee, an der ich mir die Finger aufwärmen kann!

Frostzapfige Grüße
Luna

Nach 7 Minuten
Tom:
Ganz, ganz schlechte Wahl, Luna! Womit willst du dann die Zeit totschlagen, bis ein schnittiges Schiff

mit einem noch schnittigeren Kapitän an deiner Insel vorbeikommt und dich rettet?

Zutiefst erschüttert –

Tom

Nach 5 Minuten
Luna:
Eine andere Frage ist, ob besagter Kapitän mich überhaupt aufsammeln will, wenn ich sowohl aussehe als auch rieche wie ein Affe? Da fällt mir ein: Ich könnte ja zum Zeitvertreib einen kleinen Affen zähmen, oder einen Papagei. Außerdem würde ich bei dieser Gelegenheit endlich was für meine Fitness tun. Du siehst, eine Frau von Welt weiß sich immer zu beschäftigen.

Aber jetzt entscheide du mal: Wenn du dein Leben lang nur noch eine einzige Speise essen dürftest, welche wäre das?

Nach 3 Minuten
Tom:
Lembasbrot.

Ha! Manchmal zahlt es sich eben doch aus, ein Nerd zu sein. Wie sagte Legolas so schön?

"One will keep a traveler on his feet for a day of long labour, even if he be one of the tall men of Minas Tirith."

Dann wird es wohl auch reichen, um einen durchschnittlich großen Programmierer satt zu machen.

Was hättest du lieber, Luna: Nur ein einziges großes Nasenloch oder einen Nippel auf der Wange?

Nach 6 Minuten
Luna:
Tom, Tom, Tom. Erstens geschummelt (ich meinte natürlich real existierende Speisen!) und zweitens das Wort *Nippel* benutzt. Also, das mit dem Nasenloch stelle ich mir äußerst unpraktisch vor, besonders in der Grippezeit. Der Taschentuchverbrauch wäre sicher enorm! Ich wähle also Option Nr. 2 und würde allen weismachen, das sei ein seltsam geformtes Muttermal.

Würdest du lieber immer singen, wenn du sprichst, oder immer tanzen, wenn du gehst?

Nach 2 Minuten
Tom:
Tanzen! Fände ich gar nicht so schlimm, und zur Not könnte ich mir ja einen Segway zulegen. Wirklich sehr schlimm sind hingegen meine Gesangskünste, frag mal meine Dusche.

Bist du eher ein Otter oder ein Wiesel?

Nach 3 Minuten
Luna:
Ganz klar ein Otter. Wiesel sind mir viel zu hektisch, außerdem fressen sie kleine Häschen. Und hast du gewusst, dass sich zwei am Rücken schwimmende Otter an den Pfoten halten, um nicht auseinanderzudriften? Als ich das gelesen habe, konnte ich mir ein „Awww" nicht verkneifen. Ich bin nun mal eine unverwüstliche Romantikerin.

Machen wir morgen mit unserem Spiel weiter?

Nach 40 Sekunden
Tom:
Wieso nicht jetzt gleich? Ich hab noch jede Menge Fragen auf Lager, und ein paar davon sind echt knifflig!

Nach 20 Sekunden
Luna:
Na ja, weil ich doch arbeiten muss. Stell mir die Fragen morgen, okay?
Liebe Grüße
Luna

Nach 25 Sekunden
Tom:
Komm schon, Luna, wir sind gerade so schön in Schwung. Außerdem ist heute Sonntag!

Nach 1 Minute
Luna:
Was hat das denn mit dem Tag zu tun? Bist du vielleicht religiös oder so?

Nach 30 Sekunden
Tom:
Das meine ich nicht. Ich denke nur, dass du dir auch mal eine Pause gönnen darfst.

Und … irgendwie fände ich es komisch, wenn du jetzt von unserem Gespräch direkt in die Private Booth wechseln würdest.

Nach 4 Minuten
Luna:
Ähm … was fändest du denn daran komisch, und warum genau?
Tom, ich hab doch zu Mittag schon angekündigt, dass ich heute noch arbeiten muss. Ein freies Wochenende gibt es in meiner Branche nicht. Im Gegenteil, gerade am Sonntagabend haben viele einsame oder vielleicht auch nicht so einsame Männer Lust, mit mir zu chatten. Wenn du sagst, dass ich einfach blaumachen soll, könntest du genauso gut einem Supermarktbesitzer raten, am Samstagvormittag seinen Laden zu schließen. Ich muss jetzt wirklich los, verstehst du?

Nach 10 Minuten
Tom:
Schon klar. Gute Nacht!

Am nächsten Morgen (10. Januar, 07:05)
Tom:
Betreff: Ausgeschlafen?
Liebe Luna,
ich habe fast die ganze letzte Nacht kein Auge zugetan, weiß auch nicht, warum. Deshalb schreibe ich dir schon so früh. Ich hoffe, du musstest nicht allzu lange arbeiten und konntest besser schlafen als ich. Jetzt würde ich gerne von dir wissen: Bist du zufrieden mit deinem Job?
Viele Grüße von Tom
(mit zwei Tassen Kaffee im Blut)

Nach 3 Stunden
Luna:
Das ist keine zulässige Frage.

Nach 5 Minuten
Tom:
Wieso nicht?
     Tom
     (mit vier Tassen Kaffee im Blut)

Nach 50 Sekunden
Luna:
Weil wir einander nur Fragen stellen wollten, die wir noch nie gehört haben. Du glaubst doch wohl nicht ernsthaft, dass noch kein Mensch jemals von mir erfahren wollte, ob ich mit meiner Tätigkeit – welche auch immer es zu diesem Zeitpunkt gerade war – zufrieden bin? Das ist weder originell noch lustig noch sonst was.

Nach 3 Minuten
Tom:
Dann formuliere ich es anders:
     Wie viel macht es dir aus, Abend für Abend vor gesichtslosen Fremden zu strippen?
     Und jetzt behaupte nicht, das wärst du schon mal gefragt worden. In einer deiner früheren Mails hast du mir nämlich verraten, dass deine Mutter von deinem „neuen Job" noch nichts weiß – und ich vermute, auch sonst niemand.

Nach 9 Minuten
Luna:
Clever, Tom. Du fragst nicht, OB es mir etwas ausmacht, sondern gleich, WIE VIEL. Damit setzt du voraus, dass ich todunglücklich bin. Klar, es liegt auf der Hand, dass ich nicht von einer derartigen Karriere geträumt habe. Aber weißt du was? Es gibt Schlimmeres, als sich ein bisschen vor der Webcam zu räkeln und dabei irgendwelche Phrasen zu tippen. Völlig pleite zu sein, beispielsweise – und einen Job als Minenarbeiter oder Tatortreinigungskraft stelle ich mir auch nicht gerade toll vor. Dagegen kann ich mich über leicht verdientes Geld freuen, sitze gemütlich zu Hause, und das Unangenehmste, womit ich mich herumschlagen muss, ist ein bisschen Gänsehaut. Im Grunde bin ich also zufrieden. Bist du's jetzt auch? Können wir zur nächsten Frage übergehen?

Nach 3 Minuten
Tom:
Okay, gehen wir zur nächsten Frage über. Ich hätte da schon eine:

Liebe Luna, weißt du eigentlich, dass du ganz schlecht schwindeln kannst? (Und eine Bonusfrage: Hast du mir nicht geschrieben, du könntest Lügen nicht ausstehen?)

Nach 25 Sekunden
Luna:
Gegenfrage: War etwas Komisches in deinem Kaffee – oder was ist heute mit dir los?!

Nach 1 Stunde

Tom:

Luna, es tut mir leid, wenn ich dir mit meinem ständigen Nachhaken auf den Wecker falle. Eigentlich kannst du mir ja erzählen, was du willst, und ich hab kein Recht auf deine Ehrlichkeit. Aber ich dachte, dass es bei diesem Spiel – das du schließlich selbst vorgeschlagen hast – genau darum geht: Wir stellen einander persönliche, vielleicht auch unbequeme Fragen, ohne klischeehaft herumzuschwallen. Bisher habe ich mich immer an diese Regel gehalten, und ich hatte das Gefühl, dass du mich auf diese Weise schon ein bisschen kennengelernt hast. Jedenfalls gut genug, um mich jetzt nicht mit so einer lahmen Ausrede abspeisen zu wollen.

„Im Grunde bin ich also zufrieden" … Luna, ernsthaft? Wenn ich deine Mails der letzten Tage durchklicke, finde ich einen ganzen Haufen Beweise dafür, dass diese Aussage totaler Schwachsinn ist. Hier nur drei Beispiele:

1. Bei deiner Arbeit verhältst du dich „wie ein Roboter, der ein bestimmtes Programm abspielt". Besonders glücklich klingt das nicht.

2. Auf die Frage, was du gern beruflich machen würdest, hast du geantwortet: „Schreiben", und auf die Frage, was du stattdessen machst: „Mich entkleiden" – gefolgt von einem Zwinkersmiley, mit dem du schon an Silvester im Chatroom deine Unsicherheit vertuschen wolltest. Was würdest du denn gerne schreiben? Warum tust du es nicht? Und warum lässt du es so aussehen, als wäre deine Antwort „Mich

entkleiden" nur ironisch gemeint, auch wenn sie deinen Arbeitsalltag treffend zusammenfasst?

3. Sogar dein Witz mit den sexistischen Gurkengläsern, die sich nicht von Frauen öffnen lassen, verrät einen ernsten Hintergrund. Wer solche Witze reißt, hat bestimmt noch viel mehr zum Thema Sexismus zu sagen. Wie vereinbarst du das mit deinem Job?

Wenn du mir das alles nicht erklären willst, dann gib es doch einfach zu, und wir brechen unser Fragespiel ab. Wir sind ja nicht verpflichtet, es bis zum bitteren Ende durchzuhalten, wie auch immer das aussehen würde. Aber versuch bitte nicht, mir irgendwelche hohlen Phrasen reinzudrücken. Entweder, die vier Tassen Kaffee laufen gerade in mir drin Amok, oder Lügen regen mich genauso sehr auf wie dich.

Tom

Nach 8 Stunden
Luna:
Betreff: Ehrlichkeit
Also gut, Tom. Wenn du unbedingt die ganze miese Geschichte lesen willst, bitte schön.

Ich habe Publizistik studiert. Dass man damit nicht gerade umwerfende Berufsaussichten hat, wusste in meinem Studiengang jeder, aber das konnte uns nicht einschüchtern. Wir waren sogar stolz darauf, einen steinigen Weg gewählt zu haben, anstatt uns zum Beispiel mit Betriebswirtschaft zu begnügen. Ich war da keine Ausnahme. Irgendwie

würde ich es schon schaffen, dachte ich, und meine
Professoren haben mir ja auch immer wieder versi-
chert, wie gut ich schreiben kann. Das Problem dabei
ist, dass die Weisheit von Uni-Profs oft nur bis zur
Hörsaaltür reicht und mit der echten Welt nicht viel
zu tun hat.

Meine Mutter war deutlich skeptischer. Vielleicht
lag es daran, dass mein Vater nach meinem Schulab-
schluss keinen Unterhalt mehr zahlen wollte und wir
knapp bei Kasse waren. Als ich mit meinem Ba-
chelor-Zeugnis aus der Uni ins richtige Leben ges ol-
pert bin, habe ich jedenfalls behauptet, sofort meine
Karriere bei einer Zeitung zu starten. Dass es nur ein
unbezahltes Praktikum war, das hauptsächlich aus
Kaffeekochen und Tonernachfüllen bestand, habe ich
meiner Mutter verschwiegen. Hauptsache, sie konnte
stolz herumerzählen, ihre Tochter sei eine erfolgrei-
che Journalistin. Ein bisschen unangenehm war es
nur, dass sie keinen Grund mehr gesehen hat, mich
finanziell zu unterstützen. Als das Praktikum zu Ende war, musste deshalb schnell ein richtiger Job her,
und so habe ich bei einer kleinen Cousine der BILD-
Zeitung angefangen.

Als ich eingestellt wurde, hieß es noch, ich dürfe
richtige Artikel schreiben, aber diese Wunschseifen-
blase hat der Chefredakteur bald zum Platzen gebracht. Wenn man „jung, weiblich und apart" ist,
hätte man in diesem Business bestimmte Rollen zu
erfüllen. (Versuch mal, aufgrund der Tatsache, dass
er mich APART genannt hat, sein Alter zu schätzen.
Älter ... noch älter ... jetzt füge einen lüsternen Blick

hinzu, und wenn du dabei das Gesicht verziehen musst, liegst du richtig.)

Was durfte ich also schreiben? Zum einen die „Hot or Not"-Spalte, in der ich irgendwelche aktuellen Modetrends kommentieren sollte. Und zum anderen ... Du kennst bestimmt diese nichtssagenden Texte unter dem Nacktfoto auf Seite drei: *Tracy, 22, genießt die letzten warmen Sonnenstrahlen vor ihrer Villa an der Côte d'Azur, ehe ihr Mann nach Hause kommt* und so ein sprachlicher Dünnpfiff. Gott, was hab ich diese Aufgabe gehasst! Ich war mir sicher, dass die Models mit ähnlich falschen Versprechen geködert wurden wie ich, dass sie zum Beispiel geschmackvolle Aktfotos erwartet haben, statt in absurden Situationen zu posieren. Als kleine Rache gegen den Chefredakteur habe ich Bildunterschriften erfunden, die wenigstens ein bisschen erklären, wieso zum Teufel die Dame textilfrei putzt, Sport macht oder spazieren geht:

Jenny, 23, lebt auf dem Planeten RED17, auf dem es immer über 50 Grad hat. Dort würde jeder nackt durch die Gegend laufen, auch Sie.

Misty, 26, ist gerade auf dem Heimweg von ihrem Hypnotiseur. Die heutige Session stand unter dem Motto „Des Kaisers neue Kleider".

Kimberly, 19, wie sie ihr Nachbar gerne beim Fensterputzen sehen würde, während er mit seinem Fernglas zu ihr hinüberspäht. In Wirklichkeit trägt sie ausgeleierte Jogginghosen und ein XL-Shirt von Metallica.

Offenbar hielt man meine Arbeit für dermaßen unbedeutend, dass niemand sie überprüft hat, ehe sie gedruckt wurde. Das ging so lange gut, bis eines dieser Models fuchsteufelswild in der Redaktion aufgetaucht ist und sich beschwert hat, ich würde sie mit meinen Kommentaren lächerlich machen. Sie war sogar kurz davor, die Zeitung zu verklagen. Alle gaben ihr recht, allen tat sie schrecklich leid, und ich habe meinen Job schneller verloren, als ich „Doppelmoral" sagen konnte.

Du hast mir in deiner Schulball-Mail geschrieben, dass man aus Schaden immer klüger werden sollte. Tja, ich habe aus der ganzen Episode wohl gelernt, dass es Mädchen, die sich ausziehen, manchmal leichter haben als Mädchen, die sich darüber aufregen. Jedenfalls brauchte ich danach dringend Geld, weil ich meiner Mutter unmöglich gestehen konnte, wie hoffnungslos ich als Journalistin bin. Da kam die Private-Booth-Webseite gerade recht.

Genügt dir das als Antwort auf deine Frage?

Nach 20 Minuten
Tom:
Liebe Luna,

vielen Dank, dass du mir davon erzählt hast. Ich kann mir vorstellen, dass das nicht einfach für dich war, aber ich hab jetzt ein viel klareres Bild von dir als nach allen Just-for-fun-Fragen der letzten Tage. Du warst für mich immer ein bisschen widersprüchlich, ein paar Details haben einfach nicht gepasst, und deswegen hatte manches einen komischen Beigeschmack. Ich meine – ein Mädchen, das sich so ausdrücken kann und so einen Charakter hat wie du, beendet ein gutes Gespräch nicht mit einem fröhlichen „Ups, nun muss ich aber schnell in den Sexchat", als wäre das die normalste Sache der Welt. Das hat mich verwirrt und sogar fast erschreckt. Dabei wolltest du nur die Fassade aufrechterhalten, genau wie deiner Mom gegenüber. Ich wünschte, ich hätte das alles früher gewusst, dann hätte ich gestern Abend und vorhin nicht so blöd reagiert. Warum wolltest du mir denn nicht verraten, wie du zu deinem derzeitigen Job gekommen bist?

Nach 8 Minuten
Luna:
Weil ich keine Lust hatte, von dir bedauert zu werden. Mit der Verachtung, die mir einige meiner Kunden sicher entgegenbringen, komme ich klar. Vielleicht stelle ich mich auch irgendwann dem Entsetzen meiner Mutter. Aber nichts ist schlimmer, nichts macht kleiner und erbärmlicher als Mitleid.

Übrigens – weil du in deiner vorletzten Mail geschrieben hast, du wüsstest nicht, wie das bittere Ende aussehen würde: Das hier ist es.

Nach 30 Sekunden
Tom:
Was soll das jetzt bedeuten?

4. KAPITEL

Am nächsten Tag (11. Januar, 11:23)
Tom:
Betreff: Definitionsfrage
Meintest du gestern das Ende unseres Gesprächs für diesen Abend, oder das Ende unseres Spiels? Oder etwa ein großes, schwarzes ENDE, wie es unter Romanen und gescheiterten E-Mail-Freundschaften steht? Bitte lass mich nicht so in der Luft hängen …

Nach zwei Tagen (13. Januar, 17:00)
Tom:
Betreff: Luna?
Luna?
(Luna?)
Ich kann direkt das Echo hören, wenn ich meine Mails in dein Schweigen hinausschicke. Als Kind hab ich dem Echo immer eine bestimmte Frage entgegengebrüllt, um eine sinnvolle Antwort zu erhalten: *Was schmeckt besser als Reis? – Eis … Eis … Eis …*
Kriege ich aus dir noch was anders heraus?
Tom (schon ein bisschen heiser)

Nach vier Tagen (17. Januar, 23:56)
Tom:
Betreff: Noch eine Frage.
Liebe Luna,
ich würde dich gerne noch eine Sache fragen, ehe unser Spiel wirklich zu Ende ist: ob du mir verzeihen kannst?
In den letzten Nächten hatte ich viel Zeit, um über unsere Unterhaltung und deine heftige Reaktion

nachzudenken. Sehr, sehr viel Zeit. Was zum Teufel habe ich früher mit meinen Abenden angestellt, wenn ich nicht vor dem Laptop gehockt und einem gewissen Rentierpullimädchen Nachrichten geschickt habe? Was machen denn alle anderen Leute, und ist denen klar, was ihnen entgeht?? Netflix ist jedenfalls keine Lösung, das hab ich nach einem fünfstündigen „The Walking Dead"-Marathon kapiert. Am Ende habe ich mich selbst schon ziemlich untot gefühlt. Und noch etwas hat sich verändert:

Ich glaube, ich weiß jetzt, was ich mit meiner verdammten Neugier angerichtet habe. Durch unsere E-Mails haben wir uns eine Art Parallelwelt aufgebaut, in der wir unseren privaten Sorgen und unserem Alltagsleben nur so viel Platz einräumen müssen, wie es uns gefällt. Das ist ja gerade das Schöne an Mails: Im Gegensatz zum Telefonieren oder zur Face-to-Face-Kommunikation kann man sich dabei genügend Zeit lassen, um genau die richtigen Worte auszuwählen. Es sei denn, natürlich, man ist so ein Vollidiot wie ich. Anstatt dir zu erlauben, dass du es dir in unserer Parallelwelt bequem machst, habe ich dich mit genau dem Thema konfrontiert, dem du eigentlich entkommen wolltest … und das tut mir jetzt ehrlich leid. Nimmst du meine Entschuldigung an? Aber damit ich nicht wieder gegen die Regeln unseres Spiels verstoße, hier noch mal in einzigartiger Formulierung: „Verzeihst du mir, dass ich mich mindestens so beschissen verhalten habe wie Darth Vader in der Midlife-Crisis oder Bellatrix Lestrange mit PMS?"

Dein Tom

Nach 10 Minuten
Luna:
Ich muss dich enttäuschen, aber gestern hat mich die alte Frau Huber im Treppenhaus mit ihrer Einkaufstasche gerammt und genau dasselbe gefragt …

Nach 2 Minuten
Tom:
Luna! Es ist kurz nach Mitternacht, und du bringst mich dazu, gleichzeitig zu knurren und zu lachen, dir einen Schubs geben und dich ganz fest drücken zu wollen. Bitte hör nicht auf damit, okay?

Nach 20 Sekunden
Luna:
Okay.

Am nächsten Tag (18. Januar, 15:07)
Luna:
Betreff: Zwei Welten
Lieber Tom,
    du kennst doch sicher die Folge von „How I met your mother", als Marshall auf einer gutbürgerlichen Party zu einer Frau sagt, Babys würden einen alt machen, und sie antwortet, sie sei im vierten Monat schwanger? Daraufhin verkündet Marshall die „Peinlichkeitsregel Nr. 1: Es ist nur peinlich, wenn wir Peinlichkeit zulassen."
    Um ehrlich zu sein, ging es mir nicht nur darum, kein Mitleid von dir zu bekommen. Klar, für sein Versagen bedauert zu werden, fühlt sich ätzend an,

selbst wenn es gut gemeint ist. Aber in erster Linie wollte ich nicht zulassen, dass ich mich vor dir schäme. Ich dachte wohl, wenn ich mich richtig tough und cool gebe, dann wäre ich unverwundbar. So wie im Chatroom, wo ich auch auf die derbsten Kommentare mit einem „Hihi, du bist ja ein ganz Schlimmer" reagieren kann, und schon prallt die Beleidigung an mir ab.

Mit dir ist das allerdings anders. Du durchschaust mich, und ich habe keine Ahnung, wie du das machst. Deine Mail über die „Parallelwelt" hätte jedenfalls nicht zutreffender sein können. Es ist wirklich schön, mich mit dir in diesem Universum zu verstecken, in dem ich nicht „luna lustgood" bin, sondern „Luna, die Freundschaftsbuch-Autorin" oder „Luna, die mal als Otter wiedergeboren wird".

Am besten, wir halten die echte und unsere E-Mail-Welt so gut wie möglich voneinander getrennt. Wollen wir beschließen, von nun an heikle Aspekte unseres Privatlebens auszusparen, beispielsweise meinen derzeitigen Job oder meine Bruchlandung als Journalistin?

Alles Liebe von
Luna, die deine Mails vermisst hat

Nach 3 Stunden
Tom:
Hallo Luna,

wenn du möchtest, dann machen wir es so. Ehrlich gesagt könntest du mir gerade zu allem ein Ja und Amen entlocken, weil ich einfach froh bin, dass du mir wieder schreibst.

Liebe Grüße
dein Tom

Nach 5 Stunden
Luna:
Bloß nicht zu allem Ja und Amen sagen, Tom! So zahm gefällst du mir gar nicht. Ich spüre, dass dir noch mindestens eine Bemerkung zu diesem Thema auf der Seele brennt! Liege ich damit richtig?

Nach 7 Minuten
Tom:
Verdammt, das Talent zum Leute-Durchschauen hab ich wohl nicht gepachtet. Stimmt, Luna, ich würde dich gerne noch etwas fragen, ganz ohne Spiel und auf die Gefahr hin, unseren neuen „Pakt der getrennten Welten" zu verletzen:

Wieso schreibst du, du hättest als Journalistin eine Bruchlandung hingelegt, als wäre damit alles entschieden? Du hast *ein* mieses Praktikum und *einen* enttäuschenden Job hinter dir. Aber Praktika sind dafür bekannt, mies zu sein, und bei dem Job hast du eigentlich von Anfang an gewusst, dass er nicht zu dir passt. An Bildunterschriften egal welcher Art und ebenso an Modetipps kannst du doch gar nicht zeigen, was für einen ironischen und scharfzüngigen Stil du draufhast. Also, warum bewirbst du dich nicht einfach irgendwo anders?

Nach 5 Minuten
Luna:
Das sagt sich so leicht, aber ich kann doch nicht in die Redaktion irgendeines coolen Magazins spazieren und rufen: „Hier bin ich, ironisch und scharfzüngig (danke übrigens), wann darf ich anfangen?" Dafür müsste ich schon ein bisschen mehr vorzuweisen haben, zumal mein bisher einziger Job mit einer Entlassung geendet hat. Nein, ich hab mir mein Bett gemacht, jetzt muss ich wohl auch darin liegen.
Bin gleich wieder da, Ozzie will noch mal kurz raus.

Nach 7 Minuten
Tom:
Betreff: Alles Gute zum 86. Geburtstag!
Oder wie alt bist du noch gleich? Für solche fatalistischen Sprüche kannst du dir wirklich noch ein paar Jährchen Zeit lassen. Wer ist denn schon in deinem Alter an genau dem Platz, an dem er immer gerne sein wollte?
Na gut, Jennifer Lawrence hatte mit vierundzwanzig bereits einen Oscar in der Tasche, aber dafür schlägt sie dich ganz bestimmt mit der Anzahl der Männer, die sie nackt gesehen haben (Stichwort: Hackerangriff 2014 …)

Nach 20 Minuten
Luna:
Schön, dass du darüber bereits Witze machen kannst, Tom! Das ist mir lieber als deine ernsten Fragen zu

dem Thema. Vergiss aber bitte trotzdem nicht unseren Pakt!

Im Übrigen habe ich auch einfach Angst, erneut zu versagen. Jetzt kann ich mir noch mit Müh und Not einreden, dass meine ersten Gehversuche als Journalistin an meinen Prinzipien und diesem ekligen alten Bock von Chefredakteur gescheitert sind. Aber was, wenn es das nächste Mal wieder schlecht läuft? Nicht jedes Mädchen kann so formvollendet auf die Nase fallen wie Jennifer, nicht jedem Mädchen eilt ein Bradley Cooper zu Hilfe, und nicht jede bekommt einen goldenen Mann in die Hand gedrückt, sobald sie sich wieder aufgerappelt hat.

Verhalte ich mich feige? Wahrscheinlich. Aber es kann auch nicht jeder so selbstbewusst und beharrlich sein wie du.

Nach 2 Minuten
Tom:
Oh Mann, Luna, wenn du mich nur ein bisschen besser kennen würdest, wärst du anderer Meinung.

Nach 4 Minuten
Luna:
Ich weiß, wir schreiben einander erst seit zweieinhalb Wochen, aber ich hab trotzdem das Gefühl, dass ich dich schon ein wenig einschätzen kann. Du wirkst auf mich wie jemand, der immer ein klares Ziel vor Augen hat und direkt darauf zugeht. Allein, wie du mich überredet hast, mit dir zu mailen, obwohl ich dir anfangs eine Abfuhr erteilt hatte! Ich wünschte,

ich wäre dir in dieser Hinsicht ähnlicher. Aber wer weiß, vielleicht färbt es ja auf mich ab?

Nach 8 Minuten
Tom:
Liebe Luna,

im Abfärben bin ich wirklich ein Ass. Momentan trage ich ein Hemd, das mich – spräche mich jemand darauf an – zu der Behauptung zwingen würde:

„Ein Mann, der sich seiner Maskulinität sicher ist, braucht feminine Farben nicht zu scheuen."

Es muss wohl eine rote Socke in die letzte Weißwäsche geraten sein. Dabei besitze ich gar keine roten Socken. Wie wär's, drehst du mit mir ein paar Runden in der Waschmaschine?

Nach 5 Minuten
Luna:
Hey Tom,

glaub bloß nicht, mir wäre entgangen, wie du das Thema gewechselt hast! Macht es dich verlegen, wenn man deine positiven Eigenschaften lobt? Es kommt nicht oft vor, dass Männer in Bezug auf ihren Charakter bescheiden sind. Das ist irgendwie süß von dir …

Okay, okay, ich hör ja schon auf! Aus unserer gemeinsamen Waschmaschinentour wird leider nichts, ich neige nämlich zur Seekrankheit. Aber vielleicht genügt es ja schon, wenn du mich noch einmal ganz fest drückst, so wie in deiner letzten Mail von gestern Nacht? Nur bitte völlig mitleidsfrei, wenn das geht.

Nach 3 Minuten
Tom:
Mal sehen, ob ich das hinkriege.

Also, Arme rundherum, linke Hand auf Taillenhöhe, rechte Hand ans Schulterblatt. Mit Rechts zweimal leicht geklopft, mit Links einmal fest gedrückt. Sollte eine Mischung aus Kumpelhaftigkeit und noch irgendetwas anderem sein.

Wie war das?

Nach 40 Sekunden
Luna:
Betreff: Verdammt gut
Schöne Grüße an dein Hemd, ich fühle mich ihm gerade sehr verbunden. Hab zwar nicht in den Spiegel geschaut, aber ich wette, ich bin jetzt auch ein bisschen rosa …

Wenn du *so* umarmen kannst, würde mich echt interessieren, wie du küsst.

Nach 20 Sekunden
Tom:
Es hat sich noch nie jemand beschwert.

Nach 32 Minuten
Luna:
Oh nein, Tom, bitte nicht diese typische „Noch nie beschwert"-Nummer! Die habe ich schon von allen möglichen und unmöglichen Kerlen gehört, und sie passt gar nicht zu der süßen Bescheidenheit, die ich vorhin an dir entdecken durfte.

Überhaupt ist das keine aussagekräftige Qualitätsangabe, denn wer hat tatsächlich den Nerv, einen missglückten Kuss zu reklamieren? Dabei gibt es so viele verschiedene Arten von „Lippenbekenntnissen":

a) Das konventionelle Küsschen oder Bussi, bei dem schon der Name verrät, wie niedlich und unschuldig es sein kann. Mein erstes habe ich vom Nachbarsjungen bekommen, als ich gerade neun Jahre alt war, und mein kleines Herz hat verrückt gespielt. Was für ein Drama, als er etwas später mit seiner Familie weggezogen ist! Interessanterweise habe ich besagten Jungen fast zehn Jahre später auf einer Weihnachtsparty wiedergetroffen, und er hat mir unterm Mistelzweig ein ganz ähnliches Exemplar verpasst. Da musste ich allerdings an den englischen Begriff dafür denken: *peck on the lips*, denn es war tatsächlich so, wie von einem Huhn angepickt zu werden. Das Einzige, was an diesem Abend noch verrückt gespielt hat, war mein Magen.

b) Die kreativen Küsschen, Plural. Nicht zu verwechseln mit dem konventionellen Küsschen und für Nachbarskinder nur noch bedingt geeignet! Die Lippen sind dabei nicht hart gespitzt, sondern ganz weich und vielleicht sogar ein bisschen geöffnet. Irgendwo hab ich mal gelesen, das heißt „Nippen", was ich ein wenig unappetitlich finde. Dabei kann diese Kuss-Sorte richtig lecker sein! Vor allem ist sie sehr dynamisch mit ihrem ständigen Wechsel zwischen Nähe und Entfernung, Kopfneigung, Handhaltung etc.

c) Der Hollywood-Kuss. Wie oft hab ich schon vor dem Fernseher geschmachtet und mir gewünscht, an der Stelle der weiblichen Hauptfigur zu sein! Aber wenn man sich das Orchester im Hintergrund wegdenkt, bleiben nur zwei Leute übrig, die ihre Lippen hart aufeinanderpressen. Oder sogar die Kinne, das lässt sich manchmal gar nicht genau sagen, weil der Kamerawinkel so verschämt gewählt wurde. Hast du gewusst, dass ein Filmkuss früher nur drei Sekunden dauern durfte? Schau dir mal den Kuss aus „Notorious" auf Youtube an, da hat Hitchcock diese Regel untergraben, indem er die Schauspieler angewiesen hat, nach jeweils drei Sekunden immer eine kleine Pause einzulegen: „Stop ... and go! Stop ... and go!" Sexy, oder? Außerdem darf man nicht vergessen, dass Filmküsse immer perfekt ausgeleuchtet sind. Deswegen haben sie natürlich längst nicht dasselbe Potential wie:

d) Der Dunkle-Winkel-Kuss. Damit meine ich einen dunklen Winkel in einem Club oder auf einer Party, in dem so gut wie alles möglich ist – nicht einen dunklen Winkel in der Mundhöhle. Obwohl das durchaus auch zutreffen kann, siehe:

e) Die Ösophagoskopie oder „Ich weiß, was du letzten Abend gegessen hast". Auf jeden Fall French Kiss, wie er nie sein sollte.

f) Der Macker-Kuss, neuerdings auch bekannt als „Mr. Grey im Fahrstuhl". Ja, so schnell kann's gehen: Frau beißt sich unschuldig auf die Lippe, und schon hängt ein Kerl daran, drückt ihr die Arme hoch, zieht ihr den Kopf am Pferdeschwanz nach hinten und zeigt ihr, was beziehungsweise wo (s)eine Harke ist. Die Geschlechterverteilung kann natürlich auch umgekehrt sein, dann halt ohne Pferdeschwanz (hoffentlich).

g) – z) gehaucht, heiß, innig, jugendlich, kokett, leidenschaftlich, magisch, neckisch, offensiv, prickelnd, quälend, romantisch, sanft, tastend, ungestüm, verspielt, warm, yummy, zärtlich. Also, Tom, wie denn nun? Doch nicht etwa x wie x-beliebig?

Nach 11 Minuten
Tom:
Liebe Luna,
mir war nicht bewusst, dass man dieses Thema so ausführlich erörtern kann, Hut ab! Da sollte wohl jemand ganz dringend wieder einen Zeitschriftenartikel schreiben … Schon gut, schon gut, ich halte mich an den Pakt.

Meiner Meinung nach gibt es auf dem Gebiet gar kein „Richtig" oder „Falsch". Man muss einfach nur so küssen, wie die andere Person *denkt*, dass es richtig ist. Die meisten Menschen haben ja ziemlich feste Vorstellungen von einem „guten Kuss". Wenn die Frau den Mund geschlossen hält, werde ich also nicht meine Zunge da reindrängen, wenn sie sich öffnet, komme ich ihr entgegen, und wenn sie penetrant ihre Unterlippe annagt, mache ich von mir aus auch einen auf Mr. Grey.

Ich schätze, damit habe ich mich gerade als Kuss-Chamäleon geoutet. Einen einzigen Fixpunkt gibt es bei mir, und das ist meine rechte Hand an ihrer linken Wange. Sollte ich jemals wieder mit einem Mädchen in einer Rumpelkammer ertappt werden, kann sie sich nicht mehr so einfach aus dem Staub machen wie Raven. Mitgefangen, mitgehangen!

a) – z) Tom

Nach 5 Minuten
Luna:
Oh, glaub mir, es gibt durchaus Küsse, die ganz und gar falsch sind. Aber nach deiner letzten Mail mache ich mir diesbezüglich keine Sorgen mehr um dich …
Weißt du übrigens, dass es schon ein Uhr ist? Wann ist denn das passiert??
Ich schicke dir einen Gute-Nacht-Kuss!
Luna

Nach 40 Sekunden
Tom:
Welche Sorte?

Nach 20 Sekunden
Luna:
Eine ganz neue, mit Zahnpasta-Geschmack.

Nach 30 Sekunden
Tom:
Trifft sich perfekt, ich steh total auf Pfefferminz!
Schlaf gut.
Tom

Am nächsten Tag (19. Januar, 13:25)
Luna:
Betreff: „Sie haben Post!"

Lieber Tom,

heute Vormittag beim Wäschesortieren habe ich mal wieder „E-Mail für Dich" angeschaut. Das hast du sicher auch schon gesehen – jeder Mann, der einer Frau irgendwann die Kontrolle über die Fernbedienung gelassen hat, kennt diesen Film. Es sei denn, er hat zuvor bei „Notting Hill" schlapp gemacht. Jedenfalls habe ich zum wohl zwanzigsten Mal dabei zugesehen, wie Meg Ryan und Tom Hanks charmante und liebevolle Nachrichten austauschen, ohne zu wissen, dass sie einander bereits im Real Life begegnet sind. Gegen Ende (die Szene im Park, sein Hund, ihr Gesichtsausdruck, hach …) ist mir der Gedanke gekommen, dass es mit uns beiden doch genauso sein könnte! Selbstverständlich bist du niemand aus meinem Bekanntenkreis – ein Heath-Ledger-Verschnitt wäre mir auf jeden Fall ins Auge gesprungen. Aber vielleicht sind wir schon aneinander vorbeigelaufen, zum Beispiel in einer U-Bahn-Station:

Wir haben beide die Köpfe gesenkt und starren auf unsere Smartphones, weil wir damit beschäftigt sind, unsere Posteingänge zu checken. Im Vorbeigehen rempelst du mich an, blickst aber nicht hoch, sondern murmelst nur „Sorry", und ich: „Nix passiert." Und dann muss ich grinsen, weil ich lese, was mir ein gewisser Fremder in der letzten Nacht geschrieben hat. Aber du siehst das natürlich nicht, weil eben eine Antwortmail bei dir eingetrudelt ist!

Also, Tom, falls du gerade zur U-Bahn rennst, heb doch mal kurz den Kopf. Sonst verpasst du mich noch … beziehungsweise du verpasst mir einen blauen Fleck.

Alles Liebe
Luna

Nach 5 Minuten
Tom:
Ein witziger Gedanke, auch wenn das natürlich ausgeschlossen ist. Ich bin übrigens gerade beim Kochen, also sag doch bitte schnell: Spinat mit Spiegelei oder mit Bratkartoffeln?
Alles Liebe zurück!
Tom

Nach 2 Minuten
Luna:
Natürlich beides, und den Spinat lässt du am besten weg!
Warum ist es ausgeschlossen, dass wir einander zufällig über den Weg laufen? Verstehe ich gerade nicht.
Luna, jetzt mit Bärenhunger

Nach 6 Stunden
Tom:
Hallo Luna, vorhin habe ich all unsere Mails noch einmal durchgeklickt, um sicherzugehen, dass ich mich nicht täusche: Wir haben einander nie verraten, wo wir wohnen. Könnte also sein, dass du hunderte

Kilometer von mir entfernt bist, und so weit schleift dich nicht mal deine Mutter beim Samstagsspaziergang, oder?

Ich schaue jetzt „Cast Away", Tom Hanks gefällt mir mit Volleyball Wilson besser als an der Seite von Meg Ryan. Hab einen schönen Abend!

Nach 7 Minuten
Luna:
Du hast doch bei der Registrierung auf der Private-Booth-Webseite deinen Wohnort angegeben, stimmt's?

Und was kann man bloß an Meg auszusetzen haben, die ist absolut bezaubernd!

Nach 3 Minuten
Tom:
Schon, obwohl mir Brünette besser gefallen.

Ich dachte, den Wohnort braucht man für die Abrechnung oder so …?

Nach 5 Minuten
Luna:
Basierend auf dieser Angabe werden dir nur Private Booths angezeigt, die von Damen aus deiner Heimatstadt besetzt sind. „Scharfe Ladies aus deiner Umgebung" ist nicht nur ein leeres Werbeversprechen, Tom! So eine Lüge könnte beim Chatten ja auffliegen. Natürlich sind die Distanzen etwas größer, wenn du irgendwo in der Pampa lebst, aber das ist bei dir nicht der Fall. Sonst hättest du das geschrieben, als

ich mir ein Zusammentreffen in einer U-Bahn-Station ausgemalt habe.

Hey, wie heißt eigentlich deine Mathelehrerin Röttgers mit Vornamen? Vielleicht ist sie ja „Eiserne_Lady"!

Am nächsten Morgen (20. Januar, 10:47)
<u>Luna:</u>
Betreff: Alles okay?
Hey Tom, alles klar bei dir? Ich hoffe, ich habe dir mit Frau Röttgers keine Albträume beschert. Viele Männer finden es ja erregend, dass sie in der Private Booth möglicherweise eine Dame aus ihrem persönlichen Umfeld treffen und sie anonym beim Ausziehen beobachten dürfen, aber ich gebe zu, dass das auch erschreckende Wendungen nehmen könnte. Man stelle sich vor, wie deine Lehrerin da im weißen Spitzenhöschen an einem überdimensionalen Rechenschieber hockt und dir demonstriert, welche Geldsumme du beim Zuschauen schon verpulvert hast … Nein, keine Angst, ich zügle jetzt meine Fantasie! Oder besser: Schreib mir, dass ich aufhören soll, dann tu ich's.

Liebe Grüße von der listigen Luna

Am nächsten Tag (21. Januar, 14:08)
<u>Tom:</u>
Tut mir leid, Luna, es geht mir im Moment nicht so gut. Ich melde mich, wenn es wieder besser ist, ja?

Viele Grüße

Tom

Nach 3 Stunden
Luna:
Oje, du Armer! Hat dich die Grippe erwischt? Die wütet ja im Moment ganz schön heftig. Ich hab mal meine Mutter nach wirkungsvollen Hausmittelchen gefragt, und sie meinte, für Vitamin C sollte man rohes Sauerkraut essen und Rote-Bete-Saft trinken. Und gegen das Fieber heißen Wodka mit Pfeffer oder Chili. Prost Mahlzeit – also, *danach* wäre ich krank!
Gute Besserung wünscht dir
Luna

Nach 2 Tagen (23. Januar, 19:36)
Luna:
Betreff: BIST DU DAS?
Hallo Tom,
nachdem ich als menschliches Eis am Stiel vom Samstagspaziergang zurückgekehrt bin, habe ich mich mit meinem Tablet in die heiße Badewanne gesetzt. Eigentlich wollte ich den neuesten Roman von Kerstin Gier lesen, aber dann bin ich doch bei unseren Mails gelandet.
Zum ersten Mal habe ich bemerkt, dass in deiner E-Mail-Adresse nicht nur dein Familienname, sondern auch der Name deiner Firma enthalten ist! Also habe ich „snappy software" gegoogelt und bin tatsächlich auf deine Webseite gestoßen. Wahnsinn, was du alles anbietest, Tom! Ehrlich gesagt habe ich nur die Hälfte verstanden. Mir ist allerdings aufgefallen, dass du beim Impressum keine Adresse angegeben hast. Sei da lieber vorsichtig – eine Freundin von mir

wurde deshalb abgemahnt, das nur als kleine Warnung.

Wo ich schon mal dabei war, hab ich anschließend auch deinen Familiennamen in die Suchleiste eingegeben. Bei Facebook gab es mehrere Tom Arendts, aber keinen in dieser Stadt. Respekt, dass du den Verlockungen des blauweißen F widerstehst!

Zum Schluss habe ich mich daran erinnert, unter welchem Nicknamen du auf der Private-Booth-Seite angemeldet warst. „Tom Arendt" + „Thors Tomahawk" brachte dann den Volltreffer! Anscheinend hast du mal bei irgendeinem Online-Rollenspiel ein Profilfoto hochgeladen. Es ist zwar klein und etwas verschwommen, aber …

… aber, Tom … ich weiß nicht, was ich sagen soll. Ein irres Gefühl, endlich das Gesicht des Mannes zu sehen, dem ich seit drei Wochen schreibe! Deine Exfreundin Raven hatte unrecht, du siehst nicht so aus wie Heath Ledger, sondern irgendwie sanfter und jungenhafter. Eher wie Joseph Gordon-Levitt, der seinem verstorbenen Kollegen mit den Jahren allerdings immer ähnlicher wird. Jedenfalls siehst du aus wie einer, bei dem ich mir genau vorstellen kann, wie es klingt, wenn er „Ich steh total auf Pfefferminz" sagt oder „Bitte hör nicht auf damit, okay?"

Kuss aufs Wangengrübchen!

Luna

Nach 2 Tagen (25. Januar, 11:02)
Luna:
Betreff: Der Verschollene

Sag mal, Tom, es ist dir doch hoffentlich nicht peinlich, dass ich dich auf so einer Online-Rollenspiel-Webseite gefunden habe? Ich kenne noch andere erwachsene Kerle, die sich mit World of Warcraft und solchen Sachen beschäftigen! Wahrscheinlich hat das auch gar nichts mit dem Alter zu tun, sondern ist für viele ein lebenslanges Hobby. Heutzutage sieht man ja immer wieder Senioren in Kneipen sitzen und Skat spielen – in einem halben Jahrhundert schmeißen die Tattergreise dort vielleicht LAN-Partys, wer weiß?

Oder bist du immer noch krank? Wenn du mir deine Adresse verrätst, bringe ich dir gern eine selbst gekaufte Hühnersuppe vorbei!

Viele Grüße

Luna

Nach 8 Stunden
Luna:
Betreff: Hallo?
??

5.KAPITEL

Am nächsten Tag (26. Januar, 15:20)
Tom:
Betreff: Unser Pakt
Hallo Luna,

ein nettes Angebot, doch es geht mir schon wieder besser, du brauchst also nicht mit Hühnersuppe hier aufzukreuzen.

Die Impressumspflicht ist eine meiner geringeren Sorgen, aber trotzdem danke, dass du mich gewarnt hast.

Das auf dem Foto bin tatsächlich ich. Mir war nicht bewusst, dass dieses Bild noch auf der Seite gespeichert war. Eben habe ich den Betreiber kontaktiert und ihn gebeten, es zu löschen.

Luna, ich muss zugeben, dass ich verwirrt bin. Wie war das noch gleich mit unserem Pakt? Du selbst hattest doch vorgeschlagen, unser „Real Life" und unsere „Mail-Parallelwelt" voneinander getrennt zu halten.

Ich habe seitdem auch nicht mehr nach deinem Job gefragt oder dich gar in deiner Private Booth besucht. Woher kommt dann plötzlich dein detektivischer Ehrgeiz?

Klar, man sagt so einfach „Ich hab dich gegoogelt", „Ich hab dein Profil auf Facebook gecheckt". Das klingt viel harmloser als „Ich hab deine privaten Dokumente durchwühlt und heimlich in deinem Fotoalbum geblättert". Aber ist der Unterschied wirklich so gewaltig?

Ehrlich gesagt verstehe ich auch nicht, warum mein Aussehen oder meine Adresse für das, was wir hier tun, eine Rolle spielen. Es ist doch gut so, wie es ist. Belassen wir es bitte dabei?

Viele Grüße

Tom

Nach 4 Stunden
Luna:
Okay, Tom. Woher sollte ich wissen, dass du das so furchtbar tragisch nehmen würdest? Das mit der Hühnersuppe war ohnehin eher als Scherz gemeint, ich wäre schon nicht ungebeten an deinem Krankenlager aufgetaucht. (Oder wie hast du es noch gleich genannt? Ach ja, „aufgekreuzt".) Ich fand es bloß nett, endlich mal ein Bild von dir vor Augen zu haben bei dem, „was wir hier tun". Geht es dir nicht ähnlich?

Gruß

Luna

Nach 3 Minuten
Tom:
Nein, liebe Luna. Zumindest spielt es für mich keine so große Rolle, dass ich deshalb das Internet nach dir durchforsten würde.

Nach 7 Minuten
Luna:
Jetzt mach aber mal halblang. Ich habe nichts durchforstet, das war nur eine Sache von ein paar Minuten. Meine Mutter hat mir beigebracht, die Privatsphäre anderer Leute zu achten, das kannst du mir glauben.

Sie selbst hat diesen Grundsatz immer so sehr beherzigt, dass ihr völlig entgangen ist, wie mein Erzeuger nebenher eine zweite Frau bespaßt und ein zweites Kind in die Welt gesetzt hat. Aber ich schätze, solche Geschichten sollte ich auch lieber von unserer Parallelwelt fernhalten.

Heute Abend werde ich mich übrigens ganz und gar meinem Real Life widmen und mit ein paar ehemaligen Studienkolleginnen ausgehen, bei denen schon die Semesterferien begonnen haben. Wundere dich also nicht, wenn ich nicht zurückschreibe.

Luna

Nach 10 Minuten
Tom:
Das mit deinem Vater tut mir leid, muss echt hart für dich und deine Mutter gewesen sein. Mein Dad ist gestorben, als ich fünf war. Ich kann mich kaum an ihn erinnern. Nur eine Sache ist mir sehr gut im Gedächtnis geblieben:

An einem Wintertag hat er mich komplett im Schnee eingebuddelt, sodass nur noch mein Gesicht zu sehen war. Das hat er mit seinem Schal versteckt, und dann hat er meine Mutter gerufen. Natürlich wollte sie wissen, wo ich abgeblieben bin. Mein Dad hat behauptet, eben wäre ein Zirkus am Gartenzaun vorbeigekommen, und der Direktor hätte mich als Clown engagiert. Heute ist mir klar, dass meine Mom ihm kein Wort geglaubt hat, aber als Kind hielt ich das für den genialsten Streich ever. Ich weiß noch genau, wie toll es war, so geschützt und unsichtbar im Schnee zu liegen. Das hat mir sogar besser gefallen als die Vorstellung, im Zirkus aufzutreten.

Dieses Erlebnis muss heute ziemlich genau zweiundzwanzig Jahre her sein, vielleicht ein paar Tage mehr oder weniger. Komisch, dass es mir gerade jetzt wieder einfällt.

Mittlerweile ist meine Mom schon seit sechs Jahren mit Karl verheiratet, der tagsüber seine Angestellten in der Bank rumkommandiert, abends zum Stammtisch geht und zwischendurch meiner Mom erklärt, was für ein Versager ich bin.

Das ist jetzt wahrscheinlich kein richtiger Trost für dich, aber bei manchen Vaterfiguren ist es fast besser, wenn man wenig mit ihnen zu tun hat.

Nach 5 Minuten
Luna:
Ach Tom, du machst mir das mit dem Pakt aber auch nicht gerade leicht. Jedenfalls nicht, wenn er dich daran hindert, mir auch zukünftig solche Geschichten zu erzählen. Ich kann mir ganz genau vorstellen, wie du da im Schnee gelegen und dich diebisch gefreut hast! Warst du denn schon in so jungen Jahren ein Bad Boy?

Am liebsten würde ich jetzt noch mehr über Little Tom erfahren, aber die Mädels warten. Vielleicht laufe ich dir ja zuuufällig in einem Club über den Weg, dann stoßen wir auf miese (Stief-)Vaterfiguren an.

(Jaja, getrennte Welten. Ich bin schon brav.)

Nach 3 Minuten
Tom:
Pff, ich war doch kein Bad Boy, sondern im Gegenteil richtig schüchtern! Was kann ich tun, damit du mir das glaubst?

Dass wir uns in einem Club über den Weg laufen, ist unwahrscheinlich. Da lasse ich mich schon seit Jahren nicht mehr blicken.

Viel Spaß und bis morgen!

Nach 2 Minuten
Luna:
Keine Chance, das glaube ich dir nie und nimmer. Auch, dass du der Clubszene seit JAHREN abgeschworen hast, ist schwer vorstellbar. Wieso das denn? Sag bloß, du fühlst dich zu „alt"? Ich grüß Frau Röttgers von dir, wenn ich sie beim Shaken treffe!

Luna, für immer sweet seventeen

Nach 2 Stunden
Luna:
Betreff: Nix
Hey Tom, was machst du so? Hier ist es echt öde irgendwie. Nur alberne Jungs und peinlich baggernde ältere Männer. Ich frag mich, wie es wäre, wenn du da wärst.

Nach 40 Minuten
Luna:
Betreff: Vorschlag

Du könntest wenigstens auf einen Sprung vorbei-
schauen. Einfach mit dem Taxi. Wir sind im CUBIX,
ich steh an der hintersten Bar und hab ein rotes Kleid
an, du kannst mich gar nicht verfehlen. Meine Heels
sind zur Abwechslung ziemlich hoch. Aber das
macht nichts, du bist ja groß.
Also, wann kommst du? Luna

Nach 2 Stunden
Luna:
Betreff: Nch wach1?
Hallo bistd u noch wach? Wenn nicht wird ich wohl
bald gehn. Meine Freundinnen sind auhc schon weg.
Muss nur meine tasche finden, dann ich auch. xx

Nach 5 Minuten
Tom:
Liebe Luna, ist alles okay bei dir? Ich bin eben aufgewacht und hab zufällig auf mein Handy geschaut.
Mädchen, du bist betrunken. Am besten nimmst *du*
dir ein Taxi und siehst zu, dass du so schnell wie
möglich ins Bett kommst. Wenn du deine Tasche
verloren hast, sag dem Fahrer einfach, er soll vor
deinem Haus warten, während du reinläufst und
Geld holst. Aber jetzt nichts wie heim, versprochen?

Nach 11 Minuten
Luna:
TOM. Ja okay, aber Schade. dass du nihct gekommen
bist. Ich hätte dir sonst einen Kuss gegeben.
1 von jeder Sorte

Nach 2 Minuten
Tom:
Luna … bitte pass auf dich auf.

Am nächsten Tag (27. Januar, 12:34)
Tom:
Betreff: Rise and shine, sleepyhead!
Guten Mittag, liebe Luna,
zum Dank für dein fragwürdiges Anti-Grippe-Mittel verrate ich dir jetzt ein Anti-Kater-Rezept, das *wirklich* funktioniert. Habe ich in meiner feucht-fröhlichen Zeit zur Genüge getestet: Trink einen schwarzen Kaffee, jogge zwei Runden ums Haus, genehmige dir eine lauwarme Dusche und hau dir das fettigste, salzigste Fast Food rein, das du kriegen kannst. Wenn du eher zart besaitet bist, tun's aber auch eine klare Gemüsebrühe und Essiggurken.
Alles Liebe von Tom, dem Katerflüsterer

Nach 4 Stunden
Tom:
Betreff: So heftig?
Falls du noch im Bett liegen solltest und sich dir alles dreht: einen Fuß auf den Boden stellen und bremsen! Allerdings hoffe ich, dass du um diese Uhrzeit schon wieder halbwegs fit bist, oder nicht?
Meld dich mal, sonst mache ich mir Sorgen.

Nach 2 Stunden
Luna:
Lieber Tom,

ich weiß nicht, was ich dir schreiben soll. Eigentlich tue ich es nur, damit du nicht denkst, ich würde als Alkoholleiche im Bett liegen, aber wahrscheinlich sollte ich es lassen. Ich wünschte, ich könnte die Zeit zurückdrehen. Das läuft alles so verkehrt.

Nach 10 Minuten
Tom:
Hey, Luna, woher kommt denn das auf einmal? So düstere Mails bin ich von dir gar nicht gewohnt.

Du hast also gestern Nacht etwas zu tief ins Glas geschaut, na und! Ich fand dein *drunk texting* süß, das muss dir nicht peinlich sein. Genauso wenig, wie es mir peinlich sein sollte, dass ich immer noch Computerspiele mag. Wollten wir die Scham in unserer Parallelwelt nicht überhaupt abschaffen?

Jetzt probier mal mein Anti-Kater-Rezept und schlaf vielleicht noch eine Runde, danach sieht alles wieder ganz anders aus.

Liebe Grüße und Kopf hoch!

Nach 19 Minuten
Luna:
Es war aber nicht süß, Tom, es war schlimm. Auch wenn ich das gestern geschrieben habe – ich fühle mich nicht WIRKLICH wie „sweet seventeen" und benehme mich in der Regel auch nicht so.

Aber es geht ja nicht nur um mein volltrunkenes Betteln oder die rechtschreibkreativen Mails, obwohl ich schon allein deshalb am liebsten im Boden versinken würde. Nein, ich war gestern insgesamt in schlechter Verfassung. Während ich in der Disco stand, tanzende und flirtende Leute um mich herum, die alle völlig im Hier und Jetzt waren … da hatte ich plötzlich Sehnsucht nach dir. Richtige Sehnsucht, so mit Bauchziehen und Herzklopfen und weichen Knien. Ich konnte ernsthaft an nichts anderes denken als an einen Mann, von dem ich bloß einen Haufen Buchstaben und ein verschwommenes Foto habe! Wie tragisch ist das? Oder wie jämmerlich?

Tom, machen wir uns doch nichts vor. Es gibt keine verschiedenen Welten, sondern nur eine einzige, und ich sollte mich mal wieder darauf konzentrieren, in dieser Welt zu leben. Wir versichern einander zwar dauernd, dass wir unser Privatleben und unser Mail-Universum voneinander trennen könnten, werden aber schon in der nächsten Nachricht wortbrüchig: weil du dir Sorgen um mich und meinen Job machst. Oder weil ich einen winzigen Einblick in deine Kindheit bekomme, der mich dazu bringt, den Bildschirm meines Laptops anzulächeln.

Du hattest völlig recht damit, dass ich dir in den vergangenen Tagen zu nahe gekommen bin. Ich hätte nicht im Internet nach dir suchen sollen, aber die Sache zwischen uns ist so neu und eigenartig für mich – und je besser wir uns kennenlernen, umso schwieriger wird es. Ich bin es nicht gewohnt, dass ich einem Mann zwar virtuelle Küsse schicken darf, aber wenn ich wissen möchte, wie er aussieht, renne ich gegen eine Wand. Wenn mich ein Mann küssen will, dann geht er auf mich zu und versucht es auch. Alles andere führt doch nirgends hin, oder noch schlimmer: Es führt zu einem Punkt, wo es sich genauso künstlich und vorgespielt anfühlt wie mein Beruf. Das Beste wird sein, wenn wir uns in nächster Zeit ein bisschen mehr unserem Alltag, unseren Familien und Freunden widmen. Das heißt ja nicht, dass wir einander nicht mehr schreiben sollen. Nur eben seltener, verstehst du?

Nach 5 Stunden
Tom:
Dazu habe ich wohl ohnehin nichts zu sagen, oder?

Nach 7 Minuten
Luna:
Ich hoffe einfach, dass du meine Entscheidung ein bisschen nachvollziehen kannst.
Gute Nacht.

Nach 5 Tagen (1. Februar, 16:52)
Tom:
Betreff: Dein Regelwerk
Welche Intervalle wären dir denn genehm, Luna?
LG
Tom

Nach 3 Tagen (4. Februar, 12:03)
Luna:
Am besten solche, die dich nicht dazu verleiten, so kühl zu klingen.
Ebenfalls LG
Luna

Am nächsten Morgen (5. Februar, 09:35)
Tom:
Ich dachte, du wolltest es so.

Nach 8 Stunden
Luna:
Nein, Tom, da irrst du dich. Ich habe bloß vorge-
schlagen, dass wir einander so schreiben wie normale
Brieffreunde, einfach wie Kumpel, aber immer noch
wie Tom und Luna. Nicht wie ein fünfzigjähriges Ex-
Ehepaar.

Nach 15 Minuten
Tom:
Das sind aber drei völlig verschiedene Kategorien,
die du da aufgezählt hast:
1. Normale Brieffreunde
2. Kumpel
3. Tom und Luna.
Ehrlich gesagt bin ich jetzt kein bisschen schlauer.
Wenn es dir recht ist, werde ich in meinen nächsten
Mails eine Kategorie nach der anderen ausprobieren,
dann kannst du mir ja Bescheid geben, welche davon
dir am besten gefällt.
Bis dahin wünsche ich dir einen schönen Alltag.
Tom

Nach 3 Tagen (8. Februar, 16:41)
Tom:
Betreff: Kategorie Nr. 1
Hallo Luna,

wie geht es dir? Mir geht es gut. Danke für deinen letzten Brief. Tut mir leid, dass ich dir erst jetzt antworte, aber ich hatte so viel zu tun.

Bei mir ist schönes Wetter, und das Essen schmeckt gut.

Was gibt es bei dir Neues?

Bitte schreib mir bald zurück!

Viele Grüße

dein Thomas

Am nächsten Morgen (9. Februar, 10:09)
Luna:
Geschätzter Thomas, das war ja grauenhaft. Fast so wie die Briefe, die ich mit acht Jahren an meine Freundin in Berlin geschrieben habe, nur ohne Blümchen anstelle der i-Punkte und dafür mit einem zarten Hauch von Sarkasmus. Diese Kategorie kannst du jedenfalls knicken!

Nach 10 Minuten
Tom:
Wart's ab, vielleicht gefällt dir die nächste ja besser.

Nach 2 Tagen (11. Februar, 08:12)
Tom:
Betreff: Kategorie Nr. 2
Hey-ho Luna, altes Haus,
was läuft denn immer so? Alles fit im Schritt, alles klah im BH? Wenn du Bock hast, könntest du ja mal wieder 'ne Mail an mich rüberwachsen lassen, das wär BOMBEEE!

Tschüss mit ü, tschau mit au,
der Tominator

Nach 2 Stunden
Luna:
Holla die Waldfee, sag bloß, so sprichst du mit deinen Kumpels?! Sollte ich nur noch derartige Mails von dir bekommen, dann ist jetzt aber Schicht im Schacht, um nicht zu sagen Ende Gelände! Kapische?
Luna, allmählich nervös

Nach 3 Tagen (14. Februar, 20:29)
Tom:
Betreff: Kategorie Nr. 3
Liebe Luna,
    ich wünsche dir einen schönen …
    Nein, keine Sorge, das wird jetzt nicht wieder so eine hohle Grußkarten-Nachricht von mir, und auch das „Alles Roger in Kambodscha" lasse ich ausnahmsweise stecken. Ich habe bloß bemerkt, welcher Tag heute ist. Dabei verwirrt mich dieses Datum immer noch ein bisschen. Als Kind war ich fest davon überzeugt, der 14. Februar müsste jedes Jahr ein Dienstag sein. Schließlich heißt es doch Valen-Dienstag, nicht wahr?
    Wie du ja weißt, war dieser Feiertag in den 90ern bei uns längst nicht so populär wie heute. Ich muss etwas darüber in irgendeiner amerikanischen Sitcom aufgeschnappt haben, und mein sechsjähriges Hirn hat zumindest kapiert, dass meine Mom keinen Mann hatte, der ihr zu diesem Anlass Blumen schen-

ken würde. (Und wenn doch, dann hat sie das gut vor mir verborgen, und ich will auch lieber nicht genauer darüber nachdenken.)

Jedenfalls habe ich am 14. Februar – es war tatsächlich ein Dienstag! – mein Sparschwein geschlachtet und im Blumengeschäft neben meiner Schule einen kleinen, wenn auch enorm kitschigen Strauß gekauft. Inklusive Schleife mit der Aufschrift „Be my Valentine", wovon ich natürlich kein Wort verstanden habe. Ich bin nach Hause gestiefelt, hab mich vor die Tür gestellt und die Blumen genau so hinter dem Rücken versteckt, wie das die Männer in den Filmen immer machen, und dann ... tja, dann sind ein paar große Nachbarsjungs mit deutlich besseren Englischkenntnissen vorbeigekommen. Als meine Mom die Tür geöffnet hat, wären die Typen vor Lachen beinahe aus ihren Baggy Pants gefallen. Damals bin ich im wahrsten Sinne des Wortes aus Scham gestorben, und dass du heute noch mit mir mailen kannst (könntest?), liegt einzig und allein daran, dass ich ein Geist bin ...

Ähm, Luna, keine Ahnung, warum ich dir dieses Zeug schreibe. Vielleicht habe ich einfach Schiss, dass du antwortest: „Sorry, die dritte Kategorie bringt es auch nicht für mich, lass uns die ganze Sache einfach hinschmeißen." Dabei weiß ich doch auch nicht, wie „Tom und Luna" auszusehen haben. Ich kann dir höchstens was über „Tom *ohne* Luna" erzählen:

Das ist ein Typ, der stundenlang vor dem Laptop hockt und die Nachrichten der vergangenen Wochen durchklickt. Der die Kusskategorien eines gewissen

93

Rentierpullimädchens inzwischen auswendig kennt, und der fast einen Schlag kriegt, wenn neue Mails auftauchen (die stammen jedoch meistens von zuvorkommenden Fremden, die sich um mein Sexualleben Sorgen machen, oder von reichen Gönnern, denen ich meine Kontonummer bekanntgeben soll).

Oh Mann, ist dieser Typ ein Waschlappen. Aber einen anderen gibt's hier leider nicht. Vielleicht hast du trotzdem Verwendung für ihn?

Gute Nacht.

Tom

Nach 3 Stunden
Luna:
Tom, du bist lieb. Sehr, sehr lieb!! Die dritte Kategorie gefällt mir eindeutig am besten, selbst wenn es noch die Kategorien 4 – 99 gäbe. Jetzt ist der Valentinstag ja schon fast vorüber, und ich hätte nicht gedacht, dass er zu Hause so ein schönes Ende für mich bereithalten würde. Irgendwie wird diese Feierlichkeit deutlich überschätzt, oder? Sind die zu hohen Erwartungen daran schuld?

Feste Umarmung!

Luna

Nach 2 Minuten
Tom:
Wahrscheinlich gehört der Valentinstag auf die Liste von Dingen, die theoretisch gut sein müssten, aber in der Praxis nicht viel hermachen. Genau wie Silvester.

Nach 30 Sekunden
Luna:
Oder Schnittblumen (tot und bald noch toter).

Nach 30 Sekunden
Tom:
Oder die neue Episode von Star Wars.

Nach 20 Sekunden
Luna:
Oder Camping.

Nach 25 Sekunden
Tom:
Oder seltener E-Mails zu schreiben.

Nach 15 Sekunden
Luna:
Das ist das Allerschlimmste!

Nach 3 Minuten
Tom:
Wollen wir dann bitte damit aufhören, Luna?

Ich weiß ja nicht, wie es dir geht, aber ich persönlich habe mehr als genug Zeit für meinen Alltag, auch wenn ich nebenher mit dir maile. Du brauchst mir ja nicht die intimsten Details zu verraten, wenn dir das gegenüber jemandem, den du noch nie getroffen hast, unangenehm ist. Ich selbst fände es immer noch sinnvoll, zumindest einige Teile unseres Privatlebens aus den E-Mails rauszuhalten. Aber wie wäre es, wenn du mir einfach erzählst, was du geträumt hast, wie dein Tag so gewesen ist, woraus die mittlere Schicht deines abendlichen Sandwichs bestanden hat …?

Ganz egal, mich interessiert alles.

Nach 2 Minuten
Luna:
Stimmt nicht, Tom – an meinem Aussehen hast du zum Beispiel kein Interesse.

Nach 20 Sekunden
Tom:
Wer sagt das?

Nach 40 Sekunden
Luna:
Du! Ich zitiere: „Zumindest spielt es für mich keine so große Rolle, dass ich deshalb das Internet nach dir durchforsten würde."

Nach 3 Minuten
Tom:
Mh … okay. Formulieren wir es mal folgendermaßen:

Ich kann zwar mein Interesse an deinem Äußeren so weit zügeln, dass ich deshalb nicht deine Privatsphäre verletzen würde, aber doch nicht weit genug, um in meiner Vorstellung nicht mindestens zwanzig verschiedene Gesichter pro Tag an dir auszuprobieren. Hab ich in etwa die Kurve gekriegt?

Diplomatischer Händedruck!
Tom

Nach 1 Minute
Luna:
Ja, war gar nicht mal schlecht, Tom.
Echt zwanzig verschiedene Gesichter? Wo hast du die her? Aus irgendwelchen Zeitschriften? Deinen Cartoons, die du am Samstagvormittag guckst? Aus deinen Online-Rollenspielen?
Gehen wir diesen Fragen doch gern morgen auf den Grund.
Schlaf schön!
Luna

Nach 40 Sekunden
Tom:
Betreff: Überflüssige Grausamkeit
Luna!!! Ich dachte, du würdest mir jetzt ganz vielleicht, eventuell und möglicherweise ein Foto schicken …?

Nach 35 Sekunden
Luna:
Ach so? Du hast gar nicht gefragt.

Nach 20 Sekunden
Tom:
Schon okay. Dann belasse ich es fürs Erste beim Ork-Gesicht.

Nach 1 Minute
Luna:
STOPP, überredet! Von mir aus schicke ich dir jetzt ein Foto. Aber oje, Tom, plötzlich hab ich Angst, dass ich dir gar nicht gefallen könnte.

Nur fürs Protokoll und für den Fall, dass du es noch nicht erraten hast: Du gefällst mir ausgesprochen gut.

Nach 40 Sekunden
Tom:
Für dasselbe Protokoll und für den Fall, dass du eine verquere Wahrnehmung hast: Das, was ich bisher von dir gesehen habe, gefiel mir auch ausgesprochen gut.

(Bevor wir erneut in Richtung „50-jähriges Ex-Ehepaar" abdriften: Kurz gesagt, ich fand dich heiß.)

Nach 2 Minuten
Luna:
Tom, du Abfärbe-Ass, ich beginne wieder so auszusehen wie dein Hemd aus der Weißwäsche mit der roten Socke!! Trotzdem verringert das nicht mein Herzklopfen (eher im Gegenteil). Ich hab vielleicht keine üble Figur, darauf muss ich ja wegen meines Jobs achten, und außerdem hat mir meine Mutter einen hyperaktiven Stoffwechsel vererbt. Aber du bist doch sicher schon mal hinter einer Frau hergegangen und hast gedacht: Oh! Und dann hast du sie überholt, ihr ins Gesicht geschaut und gedacht: Oh …

Weißt du, was ich meine?

Nach 35 Sekunden
Tom:
Nein, keinen Schimmer. Ich weiß gerade nur, dass du die Sache unnötig hinauszögerst, während sich das Bild von deinem Körper mit Ork-Gesicht immer tiefer in mein Gedächtnis eingräbt.

Nach 8 Minuten
Luna:
Na gut, bringen wir's hinter uns. Ich habe gerade ein Foto von meinem Handy auf den Laptop gezogen. Urteile nicht über mich – es ist ein Selfie. Aber dafür könnte es kaum aktueller sein, denn ich habe es erst heute Abend gemacht.

Noch eine Bemerkung zu meiner Frisur: Als du mich in der Private Booth gesehen hast, gingen mir meine Haare ja fast bis zur Taille. Inzwischen war ich beim Friseur, offiziell zum Spitzenschneiden, und nachdem der Kerl fertig war, hätte ich eigentlich nur sagen können: „Geht's ein bisschen länger?" Seiner Schere sind mindestens zwanzig Zentimeter zum Opfer gefallen, und ich bin immer noch dabei, mich daran zu gewöhnen. Was hältst du davon?

Nach 30 Sekunden
Tom:
Nicht viel.

Nach 10 Sekunden
Luna:
Was?

Nach 20 Sekunden
Tom:
Genau genommen gar nichts. Kann es sein, dass du den Anhang vergessen hast?

Nach 1 Minute
Luna:
Ups! Entschuldige, ich bin wirklich ganz schön nervös. Also hier noch mal mit Anhang!

Nach 2 Minuten
Tom:
Liebe Luna,
jetzt hab ich das Foto bekommen. Kurze Frage, wer ist der Typ neben dir?

Nach 50 Sekunden
Luna:
Lieber Tom,
das ist mein Freund.

6. KAPITEL

Nach 2 Tagen (16. Februar, 12:22)
Tom:
Betreff: Workaholic wider Willen
Hallo Luna,
   sorry, dass es etwas länger gedauert hat. Ich wollte wirklich nicht unhöflich sein, aber gleich nach deiner letzten Mail ist ein riesiger Auftrag bei mir eingetrudelt. Wundere dich nicht über die Uhrzeit, er kam aus China. Weil ich ohnehin etwas knapp bei Kasse bin, hätte mir nichts Besseres passieren können. Ich muss mich nur ordentlich reinknien, damit ich es nicht verbocke. Ist bei dir alles im grünen Bereich?
   LG Tom

Nach 5 Minuten
Luna:
Als ich dir zuletzt geschrieben habe, war es in China etwa sieben Uhr morgens.

Nach 4 Stunden
Tom:
Die Chinesen stehen früh auf, und das werde ich in den nächsten Tagen wohl auch tun müssen, um das alles irgendwie zu schaffen. Oh Mann, ich weiß gar nicht, wo mir der Kopf steht.
   Eilige Grüße!

Nach 17 Minuten
Luna:
Meinst du das ernst, Tom?

Nach 6 Stunden
Tom:
Hallo Luna,

ja, eine Firma möchte, dass ich die iOS-App des chinesischen Suchmaschinen-Anbieters Baidu lokalisiere, also die derzeit nur auf Chinesisch und Englisch verfügbare Benutzeroberfläche ins Deutsche übertrage und an europäische Benutzergewohnheiten anpasse.

Ich hau mich aufs Ohr, bin total erledigt.

Träum was Schönes!

Am nächsten Tag (17. Februar, 11:57)
Luna:
Lieber Tom,

das klingt sehr interessant, und ich würde mich freuen, ein andermal mehr über deinen Beruf zu erfahren. Computer sind für mich wie Bücher mit sieben Siegeln. Durch einen einzigen Pfotenschlag auf die Tastatur schafft es Ozzie, mehr zu verstellen, als ich innerhalb von drei Stunden wieder in Ordnung bringen kann.

Aber mit meiner gestrigen Frage hatte ich eigentlich gemeint, ob es dein Ernst ist, dass du die Sache mit meinem Freund totschweigen möchtest.

Nach 9 Stunden
Tom:
Guten Abend, Luna,

wahrscheinlich arbeitest du gerade und kannst mir deshalb heute nicht mehr zurückschreiben.

Macht nichts, ich bin auch noch ziemlich im Stress. Nur ganz schnell:

Nein, ich möchte gar nichts totschweigen. Wenn du mit mir darüber sprechen willst, schieß los! Ich habe allerdings keine wichtigen Fragen zu dem Thema. Klar, das Ganze kam etwas überraschend, und du hättest mir ruhig schon früher davon erzählen können, aber die Hauptsache ist doch, dass du glücklich bist. Das bist du, oder?

Bis bald!

Tom

Nach 5 Stunden
Luna:
Lieber Tom,

es ist zwei Uhr früh, und ich kann nicht schlafen. Vielleicht liegt es an der Flasche Wein, die mir wie eine gute Idee vorkam, als es Mitternacht war und ich nicht schlafen konnte. Jetzt ist mir obendrein schwindelig.

Du liegst sicher längst im Bett – so viel, wie du in letzter Zeit geschuftet hast. Ich freue mich, dass es bei dir momentan so gut läuft! Außerdem bin ich froh darüber, wie locker du mit allem umgehst. Wirklich wahr, mir fällt ein Stein vom Herzen, weil ich dich mit meinem Geständnis nicht verletzt habe. Meine größte Angst war, dass du wütend sein könntest oder enttäuscht oder … dass du mir gar nicht mehr schreiben würdest. Ich hatte richtige Bauchschmerzen vor Angst. Deswegen habe ich mich auch so lange nicht getraut, dir davon zu erzählen. Wie hätte denn eine solche Mail aussehen sollen, wo hätte sie hineingepasst?

„War schön, mit dir über deine Kindheit zu plaudern, Tom. Ach übrigens ...“?

Nein, das hätte ich niemals geschafft. Wahrscheinlich habe ich mit dem Foto die ungeschickteste aller Möglichkeiten gewählt, aber etwas Besseres ist mir nicht eingefallen. Ich wollte dich quasi dazu zwingen, nach dem Mann an meiner Seite zu fragen, und dann hätte ich meine Entschuldigungen und Erklärungsversuche darauf abstimmen können, wie du meine Antwort aufnimmst. Ich war auf vieles gefasst und entsprechend nervös. Nur eine Reaktion hätte ich nie erwartet, und ich wäre gar nicht auf die Idee gekommen, mich davor fürchten zu müssen: dass es dir egal sein könnte.

Tom, bitte glaub nicht, ich würde dir einen Vorwurf machen. Dazu habe ich überhaupt kein Recht. Ich bin nur verwirrt, das ist alles, und der Wein bringt mich dazu, dir von meiner Verwirrung zu erzählen. An deiner Stelle hätte ich wohl anders reagiert, wenn ich erfahren hätte, dass mein ... mein E-Mail-Freund vergeben ist. Aber du bist ja nicht wie ich, und das ist auch gut so. Wie schon gesagt, ich freue mich darüber, während ich mich gleichzeitig für meine Feigheit und mein dummes Verhalten schäme.

Fazit: Ich bin froh, aber beschämt und verwirrt. Und betrunken.

Tut mir leid für diese Mail.

Luna

Nach 5 Minuten
Tom:
Es ist mir nicht egal.

Nach 3 Minuten
Luna:
Nicht? Aber … du wirkst so, Tom.
Ich denk an dich.
Luna

Am nächsten Abend (18. Februar, 22:03)
Tom:
Liebe Luna,
ich habe dir doch schon mal geschrieben, was mir an E-Mails besonders gefällt: Man kann sich dabei genügend Zeit lassen, um genau die richtigen Worte auszuwählen. Oder zumindest die Worte, von denen man glaubt, dass sie die richtigen sind, auch wenn sie nicht unbedingt der Wahrheit entsprechen.
Zugegeben, es war schon irgendwie heftig, aus heiterem Himmel ein Foto von deinem Freund vor den Latz geknallt zu bekommen. Damit hatte ich einfach nicht gerechnet. Natürlich ist es nicht weiter verwunderlich, dass sich eine hübsche Frau wie du in einer Partnerschaft befindet, aber du hast nie so geklungen, als wärst du in festen Händen.
Außerdem war es ein cleverer Schachzug von dir, bei deiner Selbstbeschreibung eine Vorlage aus einem Kinder-Freundschaftsbuch zu wählen. Jeder andere Fragebogen hätte ja wohl eine Zeile für „Single oder vergeben" beinhaltet.

Trotz allem habe ich kein Anrecht auf dich, Luna. Ist es etwa verboten, eine E-Mail-Freundschaft mit jemandem zu beginnen, bloß weil man kein Single ist? Das wäre doch lächerlich.

Es bleibt vielleicht die Frage, ob du einem anderen Mann als deinem Freund schreiben solltest, dass du ihn gerne treffen und küssen würdest, aber eine stabile Beziehung hält vermutlich auch das aus. Jedenfalls ist das nicht mein Problem, solange ich in deinem Posteingang die Hauptrolle spiele – da bin ich ganz egoistisch.

Viele Grüße

Tom

Nach 2 Stunden

Luna:

Oh nein, Tom, du verstehst das völlig falsch! Ich bin doch erst seit Kurzem wieder mit Patrick zusammen. Genauer gesagt seit der Nacht, in der ich mit meinen Studienkolleginnen im CUBIX war. Aus diesem Grund habe ich dir ja vorgeschlagen, dass wir uns wieder mehr auf unseren Alltag, unsere Freunde … na ja, und auch auf unsere Beziehungen konzentrieren.

Ich konnte es dir nicht direkt erzählen, hätte mich aber schäbig gefühlt, unsere E-Mail-Freundschaft unverändert zu lassen. Deshalb dachte ich, es wäre das Klügste, etwas auf Abstand zu gehen. In dieser Zeit ist mir allerdings klar geworden, dass das eine ganz, ganz schlechte Idee war. Deine Nachrichten haben mir furchtbar gefehlt.

Ich hoffe, wir können so weitermachen wie bisher?

Alles Liebe

Luna

Nach 3 Minuten
Tom:
Du meinst die Nacht, in der du „abgestürzt" bist und keinen geraden Satz mehr tippen konntest? Das heißt, du bist dann doch nicht mit dem Taxi heimgefahren, sondern hast dich von deinem Ex mitnehmen lassen?

Nach 9 Minuten
Luna:
Ja, schon, aber es war nicht ganz so, wie es bei dir klingt. Ich war doch nicht bewusstlos, und ich wurde auch nicht von ihm gepackt und in seine Höhle verschleppt ;) Im Gegenteil, er hat mich aus einer miesen Situation gerettet.

An diesem Abend war ich mit drei Freundinnen unterwegs, von denen sich eine schon nach dreißig Minuten einen Kerl geangelt hat, um mit ihm einen Kuss der Sorte „Ösophagoskopie" zu trainieren, die zweite ist bald zu ihrem Verlobten gefahren, und die dritte hat mir an der Bar stundenlang von ihrem Liebeskummer erzählt, bis sie in Richtung Toiletten abgehauen und nicht wieder aufgetaucht ist. Komischerweise ist mit ihr meine Handtasche inklusive Geldbörse verschwunden. Ich stand dann also mitten im Getümmel und habe mich wie der letzte Mensch auf Erden gefühlt, während sich in mir die Erkenntnis breitgemacht hat:

Von den beiden Männern, die mir nicht mehr aus dem Kopf gehen wollen, ist mir der eine vor ein paar Monaten verloren gegangen, und der andere zeigt nicht das geringste Interesse, mich jemals zu treffen. Ich hab dich so gebeten, zu mir zu kommen, aber du hast mir bloß geraten, ein Taxi nach Hause zu nehmen … Und dann, als ich den Blick von meinem Smartphone abgewendet habe, stand plötzlich einer der beiden Männer vor mir. Nur warst das nicht du, sondern Patrick.

Wir haben am nächsten Morgen noch viel miteinander geredet. Die Gründe, aus denen wir Schluss gemacht haben, kamen uns plötzlich so unwichtig vor. Sicher, unsere Freundeskreise sind völlig verschieden, und es wird ein ganzes Stück Arbeit, bis seine Familie mich akzeptiert, aber daran sollte doch eine Beziehung nicht scheitern. Wir wollen es wenigstens noch einmal versuchen.

Tom, vielen Dank, dass ich dir das alles erzählen darf, und dass wir unsere Gespräche fortsetzen. Ich bin wirklich sehr erleichtert!

Nach 4 Minuten
Tom:
Das ist gut, Luna. Erleichtert schläft es sich bestimmt besser als mit einer Flasche Wein im Bauch.

Gute Nacht.
Tom

Nach 2 Tagen (20. Februar, 11:13)
Tom:
Betreff: Samstagsprogramm
Hallo Luna,
was machst du denn so an diesem schon fast frühlingshaften Samstag? Steht der übliche Spaziergang mit deiner Mutter und Ozzie auf dem Programm? Oder bist du jetzt immer anderweitig verplant?
Ich bin gestern mit meinem Auftrag fertiggeworden und habe nun wieder etwas mehr „Luft". Dafür kann ich in den nächsten Wochen bestimmt kein chinesisches Essen sehen, ohne nervöse Zuckungen zu bekommen. Sonnige Grüße!
Tom

Nach 3 Stunden
Luna:
Lieber Tom,
ich drücke eigentlich gerade die Daumen, dass der Frühling noch NICHT Einzug hält. Erstens fände ich das wegen der Klimaerwärmung bedenklich, zweitens würde es mich brutal auf die Schande hinweisen, dass in der Ecke meines Wohnzimmers immer noch ein Adventskranz vor sich hin nadelt, und drittens hat Patrick für nächste Woche einen Skiurlaub geplant, da wäre ein bisschen verbleibender Schnee nicht schlecht.
Der Samstagsspaziergang muss heute ausfallen, wir gehen nämlich in die Oper.
Hoffentlich bald nicht mehr so sonnige Grüße zurück!

Nach 5 Minuten
Tom:
Liebe Luna,

da steht jetzt aber deine Hoffnung gegen meine. Ich persönlich fände es schön, beim Blick aus dem Fenster mal wieder etwas anderes zu sehen als miesgelaunte Menschen mit hochgeklappten Mantelkrägen. Obwohl du mir mit der Klimaerwärmung ein schlechtes Gewissen eingeflößt hast, vielen Dank auch!

Oho, ihr geht also anstelle des Spaziergangs in die Oper? Dann solltest du Ozzie aber vorher einschärfen, bei den hohen Tönen nicht mitzujaulen. Andererseits sieht er in Abendgarderobe bestimmt umwerfend aus.

Nach 4 Minuten
Luna:
Patrick und ich gehen heute in die Oper, du Witzbold! Er hat mich eingeladen, und ich muss vorher noch einiges erledigen, also bleibt keine Zeit für einen ausführlichen Spaziergang.

Da du gerade von Abendgarderobe sprichst: WAS SOLL ICH ANZIEHEN? Du weißt, die passende Kleidung für solche Anlässe auszuwählen, ist nicht meine Stärke. Als ich bei der Zeitung die „Hot or Not"-Spalte schreiben musste, habe ich immer meine Freundin Romy um Rat gefragt, aber seit sie in diesem Club mit meiner roten Handtasche abgezogen ist (angeblich, weil sie sie mit ihrer blauen verwechselt hat), bin ich nicht mehr gut auf sie zu sprechen.

Folgendes steht zur Auswahl:

a) Schwarzer Hosenanzug

b) Silbergraues Cocktailkleid mit schwarzem Gürtel und Jäckchen

c) Dunkelrotes Cocktailkleid, schulterfrei, mit goldenem Schal

d) Blaue bodenlange Robe (falls du dich erinnerst – ja, das war mein Kleid für den Abschlussball).

Liebe Grüße von Luna, Jungfrau in Nöten

Nach 10 Minuten

Tom:

Betreff: „Einiges zu erledigen"

Liebe Luna,

bestehen deine Erledigungen *möglicherweise* darin, dass du deinen Kleiderschrank anstarrst und dezent verzweifelst? Falls dem so ist: Nur keine Angst, Sir Tomcelot eilt zu Hilfe! Als einziger Mann im Haus habe ich schon von klein auf gelernt, was in einer akuten Kleiderkrise zu tun ist. Also:

Den Hosenanzug lass mal in der Warteschleife – etwa zwanzig bis dreißig Jahre. Ich hab ja keine Ahnung, worauf Patrick so steht, aber mir kommt da spontan wieder Frau Röttgers in den Sinn.

Von einem bodenlangen Kleid würde ich abraten, denn ich bezweifle, dass Opernbesuche in Wirklichkeit so elitär ablaufen wie in „Pretty Woman". Oder hat Patrick vor, dir einen Diamanten-Klunker mitzubringen und die Box zuschnappen zu lassen, wenn du danach greifst, und du fängst dann gekünstelt an zu lachen?

Schulterfrei … ich sage es nur ungern, aber so was sitzt doch nur im Stehen gut, wenn du weißt, was ich meine. Du wirst dir deshalb am Ausschnitt herumzupfen müssen, Luna. Den ganzen Abend. Tu es nicht.

Das mit dem Gürtel und dem Jäckchen klingt doch perfekt. Dann frierst du auch nicht, wenn sich das Wetter meinem Willen widersetzt, und sollte Patrick nicht begeistert sein, hat er einen an der Waffel.

Halt die Ohren steif!

Tom

P.S. Ja, ich habe ein bisschen Ahnung von Mode. Ja, ich kenne „Pretty Woman". Nein, mehr ist da nicht im Busch.

Nach 7 Minuten

Luna:

Lieber Tom,

du bist erstaunlich! Fast alle Männer aus meinem Bekanntenkreis hätten einfach wahllos auf irgendetwas gezeigt und „Das da" gesagt. Und wenn ich gefragt hätte: „Warum? Gefällt dir das andere nicht?", hätten sie (sogar verständlicherweise) die Flucht ergriffen.

Das Silbergraue also. Was mache ich bloß mit meiner übrigen Zeit, nachdem sich meine zahlreichen Erledigungen wie durch ein Wunder in Luft aufgelöst haben? Vielleicht schaffe ich es, noch ein wenig zu arbeiten, wenn ich mir den Abend schon freinehme.

Nur zu deiner Information: Die Sache mit der Schmuckschatulle stand nicht im Drehbuch, sondern war ein Streich von Richard Gere. Julia Roberts Lachen war also absolut authentisch!

Es dankt für die fachkundige Beratung
Luna

Nach 3 Minuten
Tom:
Ich wollte eigentlich Ozzie einen Gefallen tun und nicht bewirken, dass du dich jetzt in die Arbeit stürzt. Oder ist deine Mutter alleine mit dem Flohmobil losgezogen? Übrigens … weiß Patrick, was du arbeitest?

Es grüßt dich
Tom „Maria Kretschmer"

Nach 6 Minuten
Luna:
Also Tom, wo denkst du hin? Zum einen ist Ozzie selbstverständlich frei von Flöhen, und zum anderen habe ich mit diesem Job erst angefangen, kurz bevor Patricks und meine Beziehung in die Brüche ging.

Das war definitiv nicht die richtige Zeit, um solche Geständnisse abzulegen, und jetzt, nicht mal einen Monat nach unserem Neuanfang, passt es ebenso wenig.

Nach 40 Sekunden
Tom:
Weiß er von mir?

Nach 1 Minute
Luna:
Was soll er da wissen? Dass ich jemandem alle paar Tage oder auch ein paarmal am Tag E-Mails schreibe? Nein, bisher habe ich ihm das nicht auf die Nase gebunden.

Nach 30 Sekunden
Tom:
Das hast du ihm auch nicht erzählt? Tss, worüber sprecht ihr beiden eigentlich?

Nach 5 Minuten
Luna:
Über alles andere!
Patrick liest viel, interessiert sich für Politik und Kultur. Außerdem hat er schon tolle Reisen unternommen, und es ist echt spannend, was er alles erlebt hat.

Nach 40 Sekunden
Tom:
Weiß er auch, dass du eher ein Otter als ein Wiesel bist?

Nach 25 Sekunden
Luna:
Haha, nein, das ist wohl eine „Tom-and-Luna-only"-Sache.

Nach 30 Sekunden
Tom:
Darauf bilde ich mir was ein, Luna, ob es dir nun passt oder nicht.

Viel Spaß heute Abend!

Nach 9 Stunden
Luna:
Betreff: Nur kurz …
Tom, bist du noch wach? Können wir ein bisschen reden? Ich würde gerne „deine Stimme hören". Also … du weißt schon, wie ich das meine.

Am nächsten Tag (21. Februar, 07:28)
Tom:
Guten Morgen, Luna!

Bitte entschuldige, ich hab gestern schon geschlafen. Was war denn los? Hat es dir in der Oper gefallen?

Nach 2 Stunden
Luna:
Nichts, schon in Ordnung. Ich war einfach nur irgendwie durch den Wind. Übermüdet oder so. Gut, dass ich dich nicht geweckt habe.

Was sagst du zum heutigen Wetter? Anscheinend haben mich die Wettergötter lieber als dich. Der Frühling lässt wohl noch eine Weile auf sich warten.

Viele Grüße

Luna

Nach 25 Minuten
Tom:
Wie, das ist alles, was du mir erzählen willst? Kein Klatsch aus der High Society? Ist niemand über ein bodenlanges Kleid gestolpert und in der Tuba gelandet? Komm schon, Luna, ich kriege sonst Entzugserscheinungen, während du im Skiurlaub bist!

Nach 3 Minuten
Luna:
Ich fahre doch gar nicht in den Urlaub.

Nach 40 Sekunden
Tom:
Was meinst du damit? Ich dachte, du hoffst auf Winterwetter, weil du nächste Woche Ski fährst?

Nach 50 Sekunden
Luna:
Das habe ich nie behauptet, wahrscheinlich hast du dich verlesen. Patrick fährt, ich bleibe hier. Meine Winterwetterwünsche waren für ihn gedacht.

Nach 25 Sekunden
Tom:
Und warum nimmt er dich nicht mit?

Nach 6 Minuten
Luna:
Wie, was, warum ... Tom, bitte sei mir nicht böse, aber du wirst allmählich ein bisschen anstrengend

mit deinen vielen Fragen! Es war einfach nie geplant, dass ich Patrick und seine Freunde begleite. Wir haben erst seit einem Monat wieder Kontakt und sind nicht an der Hüfte zusammengewachsen. Ist doch kein Problem!

Nach 1 Minute
Tom:
Toller Spruch, das mit der Hüfte. Stammt der von dir?

Nach 20 Sekunden
Luna:
Was soll das denn bedeuten??

Nach 2 Minuten
Tom:
Luna, ich bin doch nicht blöd. Denkst du, ich merke nicht, dass du all meinen Fragen nach dem letzten Abend ausweichst? Du warst nicht nur gestern „durch den Wind", du bist es immer noch. Hat Patrick dir was getan? Wenn ja, reiße ich ihm höchstpersönlich den Arsch auf – mit dem brutalsten Virus, den man per Mail verschicken kann. Gib mir schon mal seine Adresse.

Nach 25 Minuten
Luna:
Lieber Tom,
   es ist ja süß von dir, dass du dich um mich sorgst, aber belassen wir unser „Jungfrau in Nöten"-Spiel

doch bitte bei Kleider-Krisen. Im Moment geht nämlich deine Fantasie ganz schön mit dir durch. Patrick hat nichts verbrochen, und ich muss nicht gerettet werden. Mir fällt allerdings auf, dass du jede Gelegenheit ergreifst, um ihn schlechtzumachen:

„Ich hab ja keine Ahnung, worauf Patrick so steht", „Sollte Patrick nicht begeistert sein, hat er einen an der Waffel", „Worüber sprecht ihr beiden eigentlich?", „Warum nimmt er dich nicht mit?"

Hätte nicht gedacht, dass du so missgünstig sein kannst, Tom. Sehr schade.

Für heute schalte ich ab.

Luna

Nach 3 Tagen (24. Februar, 23:56)
Luna:
Betreff: Sorry
Lieber Tom,

tut mir leid, dass ich so ein Biest war. Wenn ich ehrlich sein soll, habe ich mich am Morgen nach der Oper wirklich noch schlecht gefühlt und es an dir ausgelassen. Dass du mich so durchschauen kannst, ist gleichzeitig deine beste und deine schlimmste Eigenschaft!

Liebe Grüße von Luna, die mal wieder nicht schlafen kann.

Nach 8 Minuten
Tom:
Irrtum, meine schlimmste Eigenschaft ist, dass ich es nicht schaffe, die Klappe zu halten. Jetzt habe ich

erneut gegen unseren Pakt verstoßen und dich mit persönlichen Fragen gelöchert … das tut wiederum *mir* leid.

Nach 3 Minuten
Luna:
Einigen wir uns darauf, dass wir beide das Allerletzte sind?

Nach 1 Minute
Tom:
Gern. Falls du irgendwann doch mal den Job wechseln möchtest: Motivationstrainerin wäre ein ganz heißer Tipp für dich!

Nach 5 Minuten
Luna:
Heiß ist gut. Ich nehme im Moment alles, was heiß ist: heiße Tipps, Luft, Ware, von mir aus auch einen Satz heiße Ohren, wenn es mich nur vom Bibbern abhält.
Wie konnte ich so dumm sein, die Wettergötter zu vergrämen? Frühling wäre jetzt doch eine feine Sache.

Nach 3 Minuten
Tom:
Sag Ozzie, er soll sich auf deine Füße legen und dich wärmen.
Aber nein, das geht ja nicht – du hast wahrscheinlich die Beine angezogen und die Knie mit den Ar-

men umschlungen, während du auf meine Mail wartest, richtig?

Nach 50 Sekunden
Luna:
Tom, du bist mir unheimlich. Woher weißt du das schon wieder?

Nach 35 Sekunden
Tom:
Seit ich dein Foto gesehen habe, kann ich mir dich ganz genau vorstellen.

Nach 1 Minute
Luna:
Ach ja, dieses unglückselige Foto. Weißt du, was mir gerade eingefallen ist, lieber Tom? Du hast mir nie geschrieben, was du eigentlich davon hältst.

Nach 40 Sekunden
Tom:
Stimmt, da ist uns eine winzige Kleinigkeit dazwischengekommen.

Nach 35 Sekunden
Luna:
Patrick ist 1,89 Meter groß.

Nach 20 Sekunden
Tom:
So genau wollte ich das gar nicht wissen.

Nach 3 Minuten

Luna:

Aber ICH würde es gern etwas genauer wissen – und zwar, was du über das Foto gesagt hättest, wenn ich ohne Kerl darauf zu sehen wäre. Das soll wirklich kein „fishing for compliments" sein (ich weiß zwar nicht, ob du gerade deine Beine angezogen hast, aber dafür glaube ich spüren zu können, dass du spöttisch die Augen verdrehst!). Deine Antwort darf ruhig ganz und gar wertfrei sein. Erzähl, ob ich dir bekannt vorkomme, weil du schon mal zufällig an mir vorbeigelaufen bist. Verrate mir, ob ich dich an eine Figur aus einem deiner Online-Games erinnere (hoffentlich eher an eine Elfe als an einen Ork – okay, das war jetzt doch fishing for compliments), oder ob du Potential für meine bevorstehende Wiedergeburt als Otter an mir bemerkst. Lass mich nur nicht unkommentiert im Schneeregen stehen, ja?

Nach 50 Sekunden

Tom:

Ich weiß nicht, ob das so eine gute Idee ist, in Anbetracht der Umstände.

Nach 20 Sekunden

Luna:

Welcher Umstände?

Nach 35 Sekunden

Tom:

Der 1,89 Meter großen Umstände.

Nach 2 Minuten
Luna:
Also hör mal, Tom, nun gehst du mit deiner Rücksichtnahme schon etwas zu weit. Ich wäre dir zwar dankbar, wenn du nicht mehr so viele Fragen zu Patrick stellen würdest, aber deswegen kannst du mir doch trotzdem kurz deine Meinung über das Foto mitteilen. Auch Patrick würde sich bestimmt nicht daran stören, schließlich können auf Facebook andere Leute ebenfalls nach Lust und Laune meine Bilder kommentieren. Außerdem liest Patrick deine Mails ja gar nicht. Außer-außerdem ist er noch bis übermorgen im Urlaub. Jetzt sei nicht so!!

Nach 3 Minuten
Tom:
Betreff: „Ein Angebot, das Sie nicht ablehnen können ..."
Okay, Luna, wie wäre es dann mit einem kleinen Deal: Ich schicke dir einen Fotokommentar, und dafür erzählst du mir, was am Abend deines Opernbesuchs vorgefallen ist. Einverstanden?

Nach 7 Minuten
Tom:
Luna?

Nach 1 Minute
Luna:
Na gut, wenn es unbedingt sein muss. Aber du zuerst, Tom!

Nach 15 Minuten

Tom:

Betreff: Dein Foto

Auf den ersten Blick musste ich sofort an deine Warnung denken: dass es Frauen gibt, die zwar eine tolle Figur haben, deren Gesichter jedoch völlig anders aussehen als gedacht.

Versteh das jetzt nicht falsch, Luna, aber zu einem Körper wie deinem erwartet man tatsächlich ein anderes Gesicht. Jedenfalls gemessen daran, wie du ihn vor der Webcam in Szene setzt und welche Kleidung du getragen hast, als ich in deinem Chatroom war. Zu einem schwarzen Spitzen-Tanktop passen funkelnde Katzenaugen, geschwungene Brauen und ein dicker Schmollmund. Aber bei dir ... da ist alles irgendwie zart, als wäre es mit ganz feinen Pinselstrichen gemalt worden. Man stellt sich nicht vor, wie du verführerisch auf den Lippen herumkaust, sondern wünscht sich, dass dein vorsichtiges Lächeln etwas breiter wird. Die Schatten unter deinen Augen lassen einen weniger an „smokey eyes" denken als vielmehr daran, ob du nachts schlecht träumst und was man dagegen tun könnte.

Und überhaupt, deine Augen: Die hast du in deinem Freundschaftsbuch-Fragebogen knapp als „dunkelbraun" beschrieben. Luna, konntest du als Journalistin das echt nicht besser ausdrücken, oder wolltest du einfach nur bescheiden sein? Schon klar, Frauen ein Kompliment für ihre Augen zu machen, ist das Klischeehafteste überhaupt, aber ... ich glaube, oft bestimmen sie es, ob jemand bloß hübsch ist oder schön. So ist das bei Winona Ryder, Audrey Hepburn oder Audrey Tautou, und definitiv auch bei dir.

Du hast mir vorgeworfen, ich würde jede Gelegenheit nutzen, um Patrick schlechtzumachen. Es tut mir leid, dass ich diesen Eindruck erweckt habe, und ich werde mich in Zukunft bemühen, das bleiben zu lassen. Aber wenn ich sehe, wie du Patrick mit diesen Augen anschaust, fällt es mir verdammt schwer.

Tom

Nach 6 Minuten

Luna:

Lieber Tom,

bitte glaub nicht, dass ich mich vor unserem Deal zu drücken versuche. Morgen erzähle ich dir alles, aber jetzt möchte ich Schluss machen. Deine letzte Mail soll auch das Letzte sein, was ich heute von dir lese. Dann bekomme ich ganz bestimmt keine Albträume.

Ich bin sehr froh, dass ich dir begegnet bin.

Luna

7.KAPITEL

Am nächsten Morgen (25. Februar, 10:13)
Luna:
Betreff: Die Sache in der Oper
Guten Morgen,
 je mehr ich die ganze Geschichte überdenke, umso banaler erscheint sie mir. Besonders nach der E-Mail, die du mir gestern geschickt hast. Aber du wolltest ja unbedingt dieses Tauschgeschäft abschließen, also:
 Die Oper war auf Italienisch, doch zum Glück hat mir Patrick alles erklärt. Insgesamt hat er sich wie der perfekte Gentleman benommen. Du wirst jetzt wieder die Augen verdrehen, aber an diesem Abend kam er mir tatsächlich ein bisschen so vor wie Richard Gere, nur ohne graue Schläfen. Außerdem hatten wir richtig tolle Plätze. Warst du schon mal in einer Loge, Tom? Dort fühlt man sich ganz versteckt, während man gleichzeitig alles sehen kann.

 In der Pause hat mich Patrick galant am Arm nach draußen geführt, und dort sind wir zwei Bekannten von ihm begegnet. Ich glaube, es waren ein Partner aus seiner Kanzlei und dessen Verlobte. Anscheinend ist die Frau eine große Opernkennerin, denn sie hat sich eine Weile mit Patrick über die verschiedenen Sänger unterhalten, und dann kam plötzlich die Frage an mich: „Wie fanden Sie das Accompagnato-Rezitativ der Sopranistin im zweiten Akt?"

 Tja, an Opern-Fachkenntnissen habe ich nur anzubieten, dass die Königin der Nacht irgendeinen superhohen Ton singt, der sonst fast nirgendwo vorkommt. Ich wollte gerne auf witzige Weise zugeben, dass ich mich in diesem Bereich zwar nicht auskenne, die Vorstellung aber trotzdem schön fand. Also lautete meine Antwort:

„Es war so toll, ich hätte mir fast in die Hose gepinkelt!"

Im nächsten Moment brauchte ich keine übernatürlichen Fähigkeiten, um die Gedanken der Dame zu lesen: Sie hatte offensichtlich keine Ahnung, dass es sich bei diesem Satz um ein Zitat handelt.

Panisch habe ich hinterhergeschoben: „Das war aus ,Pretty Woman'. Sie wissen schon – dem Film mit dem reichen Typen und der Prostituierten."

Die Dame schaute mich an. Ziemlich lange. Dann sagte sie: „Aha."

Und ihr Verlobter, an Patrick gewandt: „Du hast uns deine Begleiterin ja noch gar nicht vorgestellt!"

Patrick: „Verzeihung. Das ist Luna, eine Freundin."

Lieber Tom, wahrscheinlich ist es blöd, dass ich mich von einem einzigen fehlenden Buchstaben so aus der Bahn werfen lasse. Ich hätte das einfach nicht kommentieren dürfen, dann hätten wir diesen kleinen Zwischenfall schnell vergessen, und es wäre ein rundum schöner Abend geworden. Stattdessen habe ich Patrick leider nach dem Ende der Oper darauf angesprochen. Er meinte sofort, dass er mich nicht kränken wollte, aber dass wir ja erst seit Kurzem wieder miteinander ausgehen würden und doch nicht gleich definieren müssten, was das nun für uns bedeutet.

Natürlich war es nicht gerade toll, auf diese Weise zu erfahren, dass wir noch gar kein Paar sind. Aber für das Missverständnis kann ich Patrick keinen Vorwurf machen, und eine Dating-Phase ist ja nichts Schlechtes, um wieder richtig zueinander zu finden. Jetzt kommt allerdings der schlimmste Part unserer Unterhaltung. Während ich in ein Taxi gestiegen bin, hat Patrick noch schnell gesagt:

„Ach übrigens, Luna – ich muss dir mal ein paar Filme zeigen, die etwas mehr Substanz haben. Ich meine, ‚Pretty Woman' ist doch nicht nur trivial, sondern auch abstrus. Welcher Mann würde schon mit einer Frau glücklich werden, die eine solche Vergangenheit hat?"

Und das war es, Tom. Jetzt weiß ich nicht nur, dass ich noch gar nicht wieder fest mit Patrick zusammen bin, sondern dass ich es auch nie sein werde, wenn er jemals von meinem Job erfährt. Auch, wenn ich sofort den Beruf wechsle, macht es keinen Unterschied mehr. Eine Vergangenheit kann man nicht austauschen.

Ich habe dir das alles nur erzählt, weil du es unbedingt wissen wolltest, und ich möchte dazu keinen Rat oder so. Genau genommen brauchst du überhaupt nicht darauf einzugehen. Erzähl mir lieber, was es bei dir Neues gibt!

Viele Grüße
deine Luna

Nach 12 Minuten
Tom:
Interessant, dass ein einziger Buchstabe manchmal einen großen Unterschied macht, und manchmal ist

es fast egal, ob man ihn weglässt oder nicht. So zum Beispiel, wenn ich Patricks Verhalten dir gegenüber mit einem Wort beschreiben müsste (BARSCH).

Liebe Luna, darf ich dir ein paar Verständnisfragen zu deiner Erzählung stellen?

a) Du willst Patrick für immer und ewig verschweigen, dass du in einem Erotik-Chatroom arbeitest beziehungsweise gearbeitet hast, richtig?

b) Zukünftig wirst du vor ihm wohl auch nicht mehr zu erkennen geben, dass du romantische Komödien magst, korrekt?

c) Wie passen a) und b) zu

d) Lügner kannst du immer noch nicht leiden, oder?

Bitte entschuldige, dass ich die Geschichte nicht einfach unkommentiert lasse, so wie du es dir gewünscht hast. Ich habe mich mindestens fünf Minuten lang auf meine Hände gesetzt, ehe ich diese Mail geschrieben habe. Aber ich glaube, nach mittlerweile zwei Monaten kennen wir einander gut genug, um uns gegenseitig nichts vormachen zu müssen. Jetzt solltest du vielleicht überlegen, ob das zwischen dir und Patrick auch so ist …

Nach 5 Minuten
Luna:
Bitte nicht, Tom. Bitte, bitte fang nicht wieder so an! Ich kann dir nichts mehr über Patrick erzählen, wenn du dich nur freudig auf die Chance stürzt, ihn in ein schlechtes Licht zu rücken. Außerdem stimmt es nicht, dass du mir nichts vormachen willst. In Wirk-

lichkeit bist du scheinheilig! Immerhin haben wir unseren „Pakt der getrennten Welten" zum Teil deshalb geschlossen, weil es dich dermaßen irritiert hat, wenn die Private-Booth-Webseite zur Sprache kam. Du wärst der Erste, dem mein Job peinlich wäre.

Die Sache mit Patrick und mir braucht einfach noch ein bisschen Zeit, das hat er schon richtig erkannt. Und jetzt lass uns bitte über etwas anderes reden.

Nach 9 Minuten
Tom:
Liebe Luna,

du kennst doch sicher diese Momente, in denen man am liebsten den Fernseher anbrüllen würde, weil die Personen im Film ein derart gigantisches Brett vorm Kopf haben? *„Nein, Gruppe oberflächlicher Teenager, übernachtet nicht in einer einsamen Hütte im Wald!"*

In Büchern gibt es das auch oft. Da schreiben die Rezensenten dann: *„Am liebsten hätte ich die Hauptfigur gepackt und geschüttelt."*

Das hier ist genau so ein Hütten/Schüttel-Moment. Merkst du denn nicht, dass Patrick sich schon jetzt für dich schämt, ohne dass er von der Sache mit der Private-Booth-Webseite weiß? Deswegen hat er dich seinen Bekannten nicht vorgestellt. Mit einem hübschen Mädchen versteckt in einer Loge sitzen und dort einen auf großen Kunstkenner machen – okay. Aber sich vor Kollegen und Skifahr-Kumpels zu dir bekennen? Not so much!

Luna, ich möchte hier gerne festhalten, dass ich mich niemals für dich schämen würde. Dass es mir irgendwie unangenehm ist, wenn du von einem Gespräch mit mir direkt in die Private Booth wechselst, hat andere Gründe, und außerdem bin ich davon überzeugt, dass du viel, viel mehr auf dem Kasten hast.

Aber ich habe die E-Mail-Freundschaft mit dir nicht begonnen, *obwohl* oder *weil* ich dir in einem Erotik-Chat begegnet bin, sondern unabhängig davon. Glaubst du mir das?

Nach 4 Minuten
Luna:
Ich glaube vor allem, dass du dich in etwas verrennst! Für dich sieht das alles ganz einfach aus: auf der einen Seite ein Mädchen, das sich für Geld auszieht, seichte Kitschfilme mag und sich mit dir über Kusskategorien unterhält, und auf der anderen Seite ein richtiger „Erwachsener", der sich für Reisen, Politik und Kultur interessiert … Da liegt es ja auf der Hand, dass das Mädchen unter seiner Würde sein muss!

Aber Tom, stell dir vor, ich kann auch anders. Mein „Pretty Woman"-Geplapper gegenüber Patricks Kollegen war nur ein Ausrutscher, weil mir noch das Gespräch mit dir im Kopf herumgegeistert ist. Insgesamt hat die Luna, die du zu sehen beziehungsweise zu lesen bekommst, jedoch nicht allzu viel mit der Luna gemeinsam, die Patrick ins Konzert, auf Ausstellungen und ins Restaurant begleitet.

Solange er nichts von meinem Job erfährt, liefere ich ihm keinen Grund, sich für mich zu schämen.

Nach 40 Sekunden
Tom:
Soll ich raten, welches davon die echte Luna ist? Allerdings bin nicht *ich* derjenige, dem du wichtige Details aus deinem Leben verschweigen musst …

Nach 35 Sekunden
Luna:
Nein, Tom, du sollst nicht raten. Ich habe dich nie darum gebeten, mich zu analysieren. Wieso bildest du dir ein, mich besser zu kennen als der Mann, mit dem ich ein halbes Jahr zusammen war und mit dem ich mich seit fünf Wochen wieder treffe?

Nach 2 Minuten
Tom:
Darf ich dir dann wenigstens etwas vorschlagen, Luna? Patrick hat gemeint, dass ihr nicht unbedingt definieren müsstet, was ihr füreinander seid – sag ihm, dass er sich irrt. Manche Dinge brauchen einfach ein Label. Du solltest über ihn schreiben und sprechen können, ohne einen Knoten in den Fingern oder der Zunge zu bekommen („der Mann, mit dem ich ein halbes Jahr zusammen war und mit dem ich mich seit fünf Wochen wieder treffe").

Darin besteht nur einer der vielen Fehler von Facebook: „Es ist kompliziert" sollte nicht als eigener Beziehungsstatus gelten. In Wirklichkeit ist das bloß

eine Möglichkeit, keine Farbe bekennen zu müssen –
und es ist feige.

Nach 1 Stunde
Luna:
Tom, ich verstehe nicht, warum du das mit mir
machst. Ich hatte gehofft, von dir nach einem etwas
missglückten Date ein wenig aufgeheitert zu werden,
doch stattdessen beginnst du, meine ganze Beziehung zu hinterfragen. Leider gebe ich zu viel auf
deine Meinung, um deine Worte mit einem Schulter-
zucken abzutun, obwohl du falsch liegst. Dass du
mich so verwirrst und aufreibst, ist das Letzte, was
ich am Tag vor Patricks Rückkehr brauche. Vielleicht
haben wir uns etwas vorgemacht, als wir geglaubt
haben, unsere E-Mail-Freundschaft könnte unverändert weiterlaufen. Vielleicht sind wir gerade nicht
gut füreinander. Vielleicht brauchen wir eine Pause.
Lass uns wieder eine Weile offline leben.
Luna

8.KAPITEL

Nach 2 Wochen (10. März, 00:01)
Tom:
Betreff: 25 Years of Luna
Liebe Luna,
für dein neues Lebensjahr wünsche ich dir:

* Warme Füße, auch nach dem Samstagsspaziergang, und nur noch albtraumfreie Nächte.
* Eine Wiederholung von „Pinky und der Brain" im Fernsehen.
* Keinen Spinat auf deinen Tellern. Dafür Bratkartoffeln *und* Spiegelei und zum Nachtisch Erdnussbutter-Bananen-Sandwiches, so viel du nur willst.
* Einen Bradley Cooper, der dir zur Hilfe eilt, wenn du stolperst.
* Happy Ends. Eines für jeden Tag, und mindestens so schön wie in deinen Lieblingsfilmen.

Alles Gute zum Geburtstag, Rentierpullimädchen. Vor fünfundzwanzig Jahren war die Welt definitiv schlechter dran als jetzt.

Nach 7 Minuten
Luna:
Lieber, lieber Tom, unglaublich, dass du daran gedacht hast! Ich habe meinen Geburtstag doch nur ein einziges Mal beiläufig erwähnt, du wurdest nicht von Facebook daran erinnert, und trotzdem … Liest du unsere Mails immer wieder, Tom? Ich tue das nämlich. Ich lese sie als Medizin gegen Albträume und als

Wundermittel für warme Füße. Ich lese sie als Bradley-Cooper-Rettungsersatz. Und als Ersatz für alle verpassten Happy Ends.

Tom, ich habe deinen Rat befolgt. Wenn das neue Lebensjahr so wird, wie das alte aufgehört hat, wäre ich lieber noch eine Weile vierundzwanzig geblieben.

Nach 4 Minuten
Tom:
Luna, was ist los? Welchen Rat hast du befolgt? Und warum bist du überhaupt schon zu Hause – ich dachte, du würdest bestimmt mit Freunden feiern und erst spät heimkommen. Ich bin nur deshalb noch nicht ins Bett gegangen, um dir pünktlich zu gratulieren. Aber jetzt bleibe ich wach, damit du mir alles erzählen kannst. Wenn du möchtest, auch die ganze Nacht.

Nach 18 Minuten
Luna:
Betreff: Labels
Es ist nicht so, als ob ich mir für meinen Geburtstag von Patrick irgendwelche großen Überraschungen erwartet hätte. Na ja, genau genommen war ich doch überrascht, als es ihm in einem Club, zwischen einigen seiner Freunde, plötzlich eingefallen ist:

„Hey, Hübsche, du wirst ja morgen fünfundzwanzig!" Und dann: „Ach, tut mir leid, jetzt hab ich gar kein Präsent für dich dabei."

Plötzlich habe ich die Bässe in meinem Magen gespürt wie einen verrutschten Herzschlag. Ich musste mehrmals schlucken, bevor ich überhaupt einen Ton herausbringen konnte, und danach klang meine Stimme ganz fremd: „Nicht schlimm. Hauptsache, ich kann mit meinem Freund in meinen Geburtstag hineinfeiern."

Anschließend war es viel zu lange still, obwohl der DJ gerade einen neuen Track gestartet hat und die Leute um uns herum in Jubel ausgebrochen sind. Also hab ich über die Geräuschkulisse hinweg nachgehakt: „Das bist du doch mittlerweile – mein Freund. Oder?"

Lieber Tom, ich erspare dir die Details von dem, was sich in den folgenden Minuten abgespielt hat. Das kann sich jeder selbst zusammenreimen, der ein paar klischeehafte Liebesdramen kennt. Mit Patricks Antwort hätte man sehr gut „Bullshit-Bingo" spielen können:

„… dachte, zwischen uns wäre alles klar …"

„… an ganz verschiedenen Punkten im Leben …"

„… auf meine Karriere konzentrieren …"

Ja, sogar: „… liegt nicht an dir, sondern an mir."

Als er mir den Arm um die Taille legen wollte, habe ich endlich wieder den Mund aufgekriegt: „Stimmt, es liegt an dir. *Du* bist derjenige, der sich hier wie ein Arschloch verhält."

Ich wollte tough und ungerührt wirken, und es ist mir auch gelungen, aus dem Club zu marschieren, ohne mich noch ein einziges Mal umzudrehen. Aber als ich alleine zum Nachtbus gelaufen bin, immer noch mit zittrigem Magen und leider auf Heels statt in Chucks, habe ich mich nicht wie kurz vor fünfundzwanzig gefühlt, sondern höchstens wie sechzehn.

Warum bin ich immer noch naiv genug, um zu glauben, dass das Leben wie ein Film mit Meg Ryan oder Julia Roberts ablaufen könnte?! Mädchen trifft selbstbewussten, weltgewandten Mann und düst mit ihm ohne größere Umwege in Richtung Happy End … dafür ist mein Leben doch viel zu verwinkelt und zu reich an Staus und Sackgassen.

Auf der Fahrt nach Hause musste ich darüber nachdenken, was du in deiner letzten Mail vor unserer Funkstille geschrieben hast. Du meintest, manche Dinge bräuchten einfach ein Label, und ich sollte über Patrick sprechen können, ohne einen Knoten in der Zunge zu bekommen. „Gescheiterte On-Off-Beziehung" – das klappt schon ganz gut. Aber wie ist das mit uns beiden, liebe Hälfte einer sehr verwirrenden „Tom-and-Luna-only"-Angelegenheit?

Je nach Tagesverfassung bist du für mich virtueller Stilberater, Freundschaftsbuch-Co-Autor oder Schreib(kuss)partner. Wir können einander tagelang anschweigen, um uns dann wieder so nahe zu kommen, wie es für zwei Fremde eigentlich gar nicht möglich sein sollte. Du bist immer für mich da, nur einen Klick entfernt, und doch bist du unendlich weit weg.

Wie lange sollen wir das noch durchhalten? Schon jetzt wird es für mich mehr und mehr zur Vollzeitbeschäftigung, auf E-Mails von dir zu warten. Selbst wenn ich unterwegs bin, habe ich mein Smartphone ständig griffbereit und überprüfe in immer kürzeren

Abständen, ob du mir geschrieben hast. Bald werde ich das Haus gar nicht mehr verlassen, sondern nur noch in meinem Posteingang leben.

Tom, was wir da miteinander treiben, kann doch nicht gesund sein! Die Sache mit Patrick war es ebenfalls nicht, das habe ich heute verstanden. Es tut weh, aber ich bin auch erleichtert, dass ich jetzt ein bisschen Ordnung in meinem Leben geschaffen habe. Glaubst du nicht, dass uns beiden das auch gelingen könnte?

Als ich genau um Mitternacht deine perfekte Geburtstagsmail bekommen habe, wusste ich plötzlich, was ich mir wünsche: Ich will, dass wir uns endlich hinter unseren Laptops hervorwagen.

Meine Wohnung ist in der Grünthalgasse 44, Tür 23, direkt neben der U-Bahn-Station. Wenn du dich gleich auf den Weg machst, erwischst du vielleicht noch die letzte U-Bahn und musst kein Taxi nehmen. Sobald du im Treppenhaus bist, folge einfach dem Bellen – Ozzie hält sich für einen Deutschen Schäferhund, und ich bringe es nicht übers Herz, einem staatenlosen Staubwedel die Illusion zu rauben. Du kannst dir gern die Welpenfotos von ihm anschauen, die in meinem Flur hängen.

Oder du zeigst mir an meinem Laptop im Wohnzimmer, wie ich die Bildschirmauflösung wieder richtig einstellen kann, nachdem Ozzie mit einem geübten Pfotenschlag alles auf doppelte Größe aufgeplustert hat.

Oder wir trinken in der Küche ein Glas Wein. Oder … oder. Ich will eigentlich gar keine Pläne machen. Komm einfach zu mir, Tom. Bitte. Ich schalte den Computer jetzt aus.

Deine Luna

Am nächsten Morgen (10. März, 09:45)

Tom:

Betreff: Gestern Nacht

Liebe Luna,

bitte sei mir nicht böse. Ich wäre so gerne für dich da gewesen, aber ich konnte nicht. Es ging nicht. Tut mir leid.

Dein Tom

Nach 17 Minuten

Luna:

Lass mich raten. China?

Nach 3 Minuten

Tom:

Was meinst du damit?

Nach 8 Minuten

Luna:

Das letzte Mal, als du dich aus der Affäre ziehen wolltest, kam praktischerweise ein Mega-Auftrag aus China bei dir an. Ich dachte, vielleicht entwickelt sich dein Berufsleben momentan wieder so günstig. Irgendeinen Grund musst du ja haben – dafür, dass du zwar Zaungast in meinem Leben spielen, aber kein Teil davon sein möchtest. Du gibst zu allem deinen Senf dazu, sei es jetzt meine Beziehung oder mein Job, du nimmst nie ein Blatt vor den Mund … Doch wenn es darum geht, auf ein Glas Wein oder eine Tasse Kaffee oder von mir aus auch nur einen Händedruck bei mir vorbeizukommen, dann ist es plötzlich zu viel. Dann vergeht dir die Lust, und zwar von einer Minute auf die andere.

Erinnerst du dich daran, wie du mir geschrieben hast, „Es ist kompliziert" sei kein eigener Beziehungsstatus, sondern nur eine Möglichkeit, keine Farbe bekennen zu müssen? *Es ist feige,* hast du gesagt.

Weißt du was, Tom – du machst es auch kompliziert. Viel komplizierter, als eine Freundschaft sein sollte.

Nach 6 Minuten
Tom:
Luna, erinnerst *du* dich noch daran, dass wir einen Pakt geschlossen haben? Wir fanden es beide vernünftig, unsere Leben voneinander getrennt zu halten! Für eine *Brief*freundschaft ist das nicht kompliziert, sondern völlig normal. Warum willst du das jetzt so krampfhaft verändern?

Nach 2 Minuten
Luna:
Hör endlich mit diesem verfluchten Pakt auf, Tom! Als wir vereinbart haben, nicht über meinen Job oder dein Privatleben zu diskutieren, kannten wir einander noch längst nicht so gut wie jetzt! Wir sind zwei erwachsene Menschen, die sich seit zweieinhalb Mo-

naten gut verstehen und auch noch in derselben Stadt wohnen, und trotzdem verschanzen wir uns hinter unseren Laptops. Findest du das nicht lächerlich?!

Nach 3 Minuten
Tom:
Nein, weil es genau das ist, was ich von Anfang an wollte! Du kannst nicht mit den Fingern schnipsen und sagen: „Hey Tom, eben hab ich mich von meinem Freund getrennt und bin ein wenig einsam, also komm doch bitte sofort mitten in der Nacht zu mir." Das ist nicht allein deine Entscheidung, verstehst du das?

Nach 50 Sekunden
Luna:
Tom, du widersprichst dir in einer Tour selbst! Eben hieß es noch, du wärst „gerne für mich da gewesen", aber „es ging nicht". Warum sollte das nicht gehen? Warum tust du jetzt so, als hättest du mich niemals treffen wollen?!

Was es auch ist, sei wenigstens ehrlich zu mir!

Nach 15 Minuten
Tom:
Liebe Luna,

ich habe meine Gründe, die ich aber gerne für mich behalten möchte. Und ich kann dich nur bitten, diesen Umstand zu akzeptieren.

Immer noch dein *Brieffreund* Tom

Nach 3 Tagen (13. März, 22:51)
Luna:
Betreff: Alles.
Ich weiß es jetzt. Deine geheimnisvollen „Gründe" sind kein Geheimnis mehr. Du hast mir monatelang etwas vorgemacht, und ich bekomme immer weniger Luft, je genauer ich darüber nachdenke. Auf einmal ergibt alles einen Sinn:

Warum du mir fast nichts aus deinem Privatleben erzählt hast, nichts über deine Familie oder deine Freunde.

Die Tatsache, dass du „schon seit Jahren nicht mehr" in Clubs gehst.

Dass du so viele typische Frauen-Filme kennst.

Deine komische Reaktion, als du herausgefunden hast, dass wir in derselben Stadt leben.

Deine Panik, als ich dir Suppe vorbeibringen wollte.

Das ständige Pochen auf unsere „getrennten Welten".

Und zuletzt: dass dir meine Beziehung mit Patrick zwar offensichtlich nicht recht war, du mir aber trotzdem nie vorgeschlagen hast, sie zu beenden. Schließlich wusstest du von Anfang an, dass sich zwischen dir und mir auf keinen Fall mehr entwickeln könnte als eine Brieffreundschaft.

Tom, ich bin noch nie so sehr von jemandem enttäuscht worden wie von dir, in meinem ganzen Leben nicht. Damit hast du alles, alles kaputt gemacht.

Luna

Nach 4 Minuten
Tom:
Wie hast du es herausgefunden?

Nach 9 Minuten
Luna:
Die Frage ist eher, wie ich die ganze Zeit so blind sein konnte! Aber das lag wohl an meiner Kitschfilm-Naivität und an meinem Wunsch, auch mal ein hollywoodreifes Happy End zu erleben. Ich war total benebelt vor lauter Glück, weil ich so etwas Ähnliches am Laufen hatte wie Meg Ryan in „E-Mail für dich"! Das wollte ich mir durch nichts verderben lassen, und deswegen habe ich alles ignoriert, was dieses perfekte Bild trüben könnte. Jedenfalls, bis du zugegeben hast, dass du mir etwas verheimlichst.

Heute Nachmittag war ich dann bei einer alten Schulfreundin zu Besuch. Sie wollte genau wissen, warum ich mich von Patrick getrennt habe, und so sind wir auf dich zu sprechen gekommen. Je länger ich von dir erzählt habe, umso bekümmerter wurde ihr Gesichtsausdruck. Am Ende hat sie mich in den Arm genommen und gesagt:

„Ach, Luna. Verstehst du denn nicht, was mit ihm los ist ...?"

Dann ist es mir wie Schuppen von den Augen gefallen. Gott, was hatte ich für ein schlechtes Gewissen, weil ich dir die Sache mit Patrick nicht sofort erzählt habe! Dabei war das nichts im Vergleich zu deiner Lügerei.

Nach 2 Minuten
Tom:
Ich brauche wohl nicht zu fragen, ob du dir irgendwie vorstellen kannst, unseren Mailwechsel trotzdem fortzusetzen.

Nach 3 Minuten
Luna:
Unglaublich, dass du an so etwas auch nur denkst. Ich habe dir ja erzählt, was damals mit meinem Vater war! Meine Mutter hat diesen Vertrauensbruch immer noch nicht ganz verkraftet. Die eigene Familie zu hintergehen, ist das Allerletzte. Du bildest dir doch nicht ernsthaft ein, dass ich bei so etwas mitspielen würde, oder?!

Nach 40 Sekunden
Tom:
Einen Moment, Luna … Was genau glaubst du, über mich herausgefunden zu haben?

Nach 5 Minuten
Luna:
Lass das, Tom. Versuch bloß nicht, jetzt noch Schadensbegrenzung zu betreiben! Stattdessen könntest du mir zum Abschied ein paar Fragen beantworten.

Seit wann bist du eigentlich verheiratet? Mich würde interessieren, nach wie vielen Ehejahren man gelangweilt genug ist, um in einem Erotik-Chatroom nach einer E-Mail-Partnerin zu suchen. Einer Pseudo-Geliebten sozusagen, die nie ein Problem für dich werden sollte, weil ja das World-Wide-Web als Puffer zwischen ihr und deinem Familienglück liegt ...

Ach ja, vermutlich hast du auch schon Kinder. War es nicht ziemlich stressig, so viele Mails zu schreiben und gleichzeitig für deine Familie da zu sein? Klar, als Programmierer macht man sich nicht verdächtig, wenn man oft am Computer sitzt. Aber wie soll ich mir deine Abende vorstellen, oder die Wochenenden?

Ein Familienausflug steht an, und du fantasierst über mich und Emma Stone.

Deine Kinder wollen eine Gute-Nacht-Geschichte hören, und du verschickst eine virtuelle Umarmung.

Deine Frau möchte wissen, ob du bald ins Bett kommst, und du tippst noch schnell: *„Trifft sich perfekt, ich steh total auf Pfefferminz!"*

... Ich muss aufhören, sonst wird mir schlecht.

Nach 1 Minute
Tom:
Oh Mann, Luna. Du liegst so dermaßen daneben. Ich bin nicht verheiratet und war es auch noch nie.

Nach 50 Sekunden
Luna:
Ich fasse es nicht! Da habe ich längst alle Puzzleteile zusammengesetzt, und trotzdem lügst du weiter wie gedruckt! Wenn du das ernsthaft abstreiten willst – welche Erklärung gibt es denn sonst für alle Ungereimtheiten??

Nach 45 Sekunden

Tom:

Jetzt ist ohnehin schon alles egal, also kann ich es dir genauso gut verraten. Hier hast du deine Erklärung, Luna:

Ich leide an einer sozialen Phobie und habe sei fast einem Jahr das Haus nicht mehr verlassen.

9.KAPITEL

Nach 10 Minuten
Luna:
Betreff: Geschmacklos
Tom, falls das ein Scherz sein sollte … über so etwas kann ich nicht lachen.

Nach 2 Minuten
Tom:
Nein? Ich schaffe das allmählich. Wenn ich meine Rechnungen von diversen Lieferdiensten anschaue, hilft nur noch Galgenhumor. Bei Bedarf schicke ich dir übrigens gern ein paar Scans als Beweis.

Nach 21 Minuten
Luna:
Aber … wie ist das möglich? Wie kann man so leben?
Bitte entschuldige, ich hab keine Ahnung, welche Fragen ich in dieser Situation stellen darf. Die zwei Gläser Wein, die ich nach dem ersten Schreck vernichtet habe, machen die Sache auch nicht besser. Ich will dir auf keinen Fall zu nahe treten, und sollte ich das doch tun, sei mir bitte nicht böse.

Nach 5 Minuten
Tom:
Komm schon, Luna. Du hast mir einmal geschrieben: „So zahm gefällst du mir gar nicht", und das möchte ich jetzt an dich zurückgeben.
Auf deine Frage, wie man so leben kann: beschissen. Und erstaunlich problemlos. Heutzutage ist es ja möglich, fast alles online zu bestellen. Kleidung,

Kosmetikartikel, Haushaltswaren, Bücher, sogar frische Lebensmittel lasse ich mir ganz einfach liefern. Ich brauche nicht mal dem Postboten die Tür zu öffnen, weil ich ihm per Online-Formular die Erlaubnis erteilt habe, meine Pakete im Flur abzustellen. Anstatt ins Kino zu gehen, vertreibe ich mir die Zeit mit Netflix – *deshalb* kenne ich so viele Filme, auch romantische Komödien, weil mir irgendwann die Auswahl zu klein wurde. Die Haare schneide ich mir selbst, Bewegung verschaffe ich mir in meinem Fitness-Zimmer, und krank werden darf ich nicht … oder jedenfalls nicht noch kränker. Beziehungsweise: nicht körperlich krank. Du weißt schon.

Ich kann verstehen, wenn dir das zu heftig wird. Nicht ohne Grund wollte ich diese Sache so lange wie möglich vor dir geheim halten, denn ich bin wohl noch viel, viel schräger als die anderen Besucher in deinem Chatroom, und ganz bestimmt bin ich meilenweit von jedem Hollywood-Filmhelden entfernt. Aber falls es dir irgendwie hilft, damit klarzukommen, verrate ich dir jetzt alles. Sag mir einfach, was du wissen möchtest.

Nach 17 Minuten
Luna:
Nach dem dritten Glas Wein kann ich diese Geschichte zwar immer noch nicht so recht glauben, aber gleichzeitig habe ich Angst, dass sie doch wahr ist und ich mich wie ein Riesenarschloch verhalte, wenn ich zu misstrauisch bin. Also frage ich jetzt einfach mal drauflos.

Wie genau soll ich mir eine „soziale Phobie" vorstellen? Was passiert mit dir, wenn du hinausgehst? Und seit wann ist das so?

Du hast mir ja ein bisschen von deiner Kindheit und Jugend erzählt, und dabei hatte ich nie den Eindruck, du wärst ein Mauerblümchen gewesen. Im Gegenteil: Lausbubenstreiche und frühreif-charmantes Verhalten gegenüber deiner Mutter, später eine Too-cool-for-school-Phase, ein Ruf als Bad Boy, betrunkenes Gefummel während eines Balls … Wie um Himmels willen passt das zu deinem jetzigen (angeblichen) Einsiedlerleben?

Nach 24 Minuten
Tom:
Liebe Luna,

ich habe nie erzählt, ich sei ein Bad Boy gewesen – nur, dass mich Raven für einen Vertreter dieser Gattung *hielt,* und du warst schnell bereit, ihrem Urteil Glauben zu schenken. Wahrscheinlich lag Ravens Schlussfolgerung nahe, denn ich habe gut ein Drittel der Unterrichtsstunden geschwänzt, die Lehrer konnten mir selten Antworten entlocken, und einmal mussten sie mich nach Hause schicken, weil ich gestunken habe wie eine Brauerei. Wie sollte irgendjemand ahnen, dass ich schlicht und einfach Schiss davor hatte, mit fünfundzwanzig anderen Personen in einem Klassenraum zu sitzen? Dass ich mir ab einem gewissen Punkt sogar Mut antrinken musste, um es mehrere Stunden hintereinander in der Schule auszuhalten?

Aus diesem Grund bin ich übrigens auch hackedicht auf dem Schulball aufgekreuzt. So eine Veranstaltung war der absolute Horror für mich, doch Raven zuliebe habe ich mich überwunden. Als ich dann allerdings in der Aula stand, umringt von so vielen Schülern und Lehrern, Stimmen und Gerüchen, wäre ich fast durchgedreht. Nur deshalb habe ich Raven überredet, mit mir ein einsames Plätzchen zu suchen. Leider hat sich diese Idee kurz darauf als ganz tiefer Griff ins Klo erwiesen, weil ich danach einen Ruf als totaler Freak weghatte und noch mehr angestarrt wurde als früher.

Ich weiß selbst nicht genau, wie ich es bis zum Abschluss geschafft habe. Anschließend stand für mich fest, dass ich nie wieder einen „Bildungstempel" betreten würde, und so habe ich den Studiengang der Informatik an einer Fern-Uni belegt. Meine Mutter hat die Kosten dafür übernommen, ohne mir Vorwürfe zu machen. Sie muss schon Jahre zuvor geahnt haben, in welche Richtung ich mich entwickelte.

Ich war als Kind nämlich ganz und gar nicht der Typ für Streiche und auch kein bisschen „frühreifcharmant", wie du das nennst. Wahrscheinlich spielst du darauf an, wie mein Vater mich mal im Schnee eingebuddelt hat, und auf die Valentinstagsblumen für meine Mom. Luna, du hast nur wieder genau das herausgelesen, was zu deiner Bad-Boy-Theorie passte. Erinnerst du dich noch, dass ich dir geschrieben habe, wie schön ich es in meinem Schnee-Versteck fand – viel schöner als die Vorstellung, im Zirkus aufzutreten? Und weißt du noch, wie beschämend die Blumensache für mich geendet hat? Ich wollte so gerne durchblicken lassen, dass du mich völlig falsch einschätzt, doch es hat nicht funktioniert. Dafür mache ich dir keinen Vorwurf. Mein Leben lang wurde ich wegen meines Verhaltens in Schubladen gesteckt, und die Leute kamen damit niemals in die Nähe der Wahrheit.

Aber vielleicht siehst du mich jetzt ein bisschen klarer?

Nach 5 Minuten
Luna:
Im Gegenteil. Ich sehe mit jeder Minute verschwommener, fast schon doppelt. Wir chatten jetzt seit zwei Stunden miteinander, und ich habe in dieser Zeit eine ganze Palette unterschiedlichster Gefühle durchgemacht. Mir schwirrt der Kopf. Der Wein ist fast alle. Ich versuche jetzt zu schlafen, aber … ich schreibe dir morgen wieder. Okay, Tom?

Nach 40 Sekunden
Tom:
Okay, Luna. Schlaf gut.

Am nächsten Morgen (14. März, 09:39)
Luna:
Lieber Tom,

heute bin ich mit einem furchtbaren Brummschädel aufgewacht, und ich glaube nicht, dass daran nur der Wein schuld war. Es kommt mir eher so vor, als hätte mein Gehirn einen Muskelkater. Die halbe Nacht lang habe ich an die Zimmerdecke gestarrt und bin in Gedanken all deine Mails noch einmal durchgegangen, auf der Suche nach Hinweisen, die ich überlesen, und Andeutungen, die ich falsch interpretiert haben könnte. Jetzt, da ich die Wahrheit kenne, sieht manches ganz anders aus. Zum Beispiel hast du einmal gemeint, du würdest dich auf den Frühling freuen. Eine harmlose Bemerkung eigentlich, aber als ich die Stelle eben noch einmal herausgesucht habe, ist mir aufgefallen, dass du „BEIM BLICK AUS DEM FENSTER" mal wieder etwas anderes sehen wolltest als „miesgelaunte Menschen mit hochgeklappten Mantelkrägen".

Heute ist so ein sonniger Tag, auch wenn es bis zum astronomischen Frühlingsbeginn ja noch eine Woche dauert. Ich wette, wenn ich nachher mit Ozzie rausgehe, gibt es keine düsteren Mienen über hochgeklappten Krägen mehr ... und mir wird ganz anders, wenn ich daran denke, dass du das bloß durchs Fenster beobachten kannst.

Was wäre denn, wenn du es versuchen würdest – einfach kurz ins Freie treten, nicht mal mit irgendjemandem sprechen, sondern nur die Frühlingsluft einatmen? Du bist gestern nicht direkt auf meine Frage eingegangen, wie du dich in solchen Situationen fühlst. Oder ist das zu schwierig zu erklären? Dann musst du natürlich nicht.

Alles Liebe

Luna

Nach 3 Stunden
Tom:
Sorry, aber so wird das nicht funktionieren. Wenn das die Art von Mails ist, wie ich sie zukünftig von dir zu erwarten habe, lese ich stattdessen lieber die Selbsthilfebücher, die mir meine Mutter gerne schenkt (ja, der Nikolauspulli kam in Begleitung). Seit Mom mit Karl verheiratet ist und er ihr erfolgreich eingeredet hat, dass ich mich bloß „gehen lasse", hat sie mir schon vier Exemplare geschickt. Ich finde diese Bücher auch wahnsinnig hilfreich – dank ihrer Unterstützung stehen alle Möbel in meiner schiefen Wohnung bombenfest.

Luna, obwohl ich deine Stimme nicht kenne, stelle ich mir vor, dass du jetzt leiser und sanfter mit mir „sprichst". Aber das kann ich nicht gebrauchen, verstehst du? Ich will, dass du mich so wie früher in Großbuchstaben anschreist! Ich will, dass du schreibst: „TO-HOM, du schuldest mir noch eine Antwort!" und nicht „Du bist gestern nicht direkt auf meine Frage eingegangen … säusel, säusel … aber du musst natürlich nicht …"

Nein, Luna, muss ich nicht. Ebenso wenig, wie du verpflichtet bist, mich zu bemitleiden.

Wie es sich anfühlen würde, wenn ich jetzt vor die Tür ginge, ist eigentlich nicht schwer zu erklären. Ich habe es gestern absichtlich nicht gemacht, weil ich genau diese Reaktion von dir vermeiden wollte. Aber dazu ist es wohl schon zu spät.

Also: Denk mal an die härteste und wichtigste Prüfung, die du je in deinem Leben hattest. Bestimmt warst du damals ganz schön nervös, hast in der Nacht davor kein Auge zugetan und bist mit Übelkeit aufgestanden. Auf dem Weg in den Prüfungssaal konntest du deinen Puls hören, und du hast geschwitzt, obwohl dir kalt war. Und dann, vor der Prüfungskommission, wurde es noch viel schlimmer. Deine Anatomie hat sich spontan in ein seltsames Buffet verwandelt (deine Zunge in ein Stück Dörrfleisch, der Magen in eine Walnuss, die Knie in Götterspeise) und es fiel dir verdammt schwer, überhaupt ein Wort rauszubringen. Dabei hast du die ganze Zeit die Gesichter der Profs gescannt und versucht, jede Regung zu deuten. Schauen sie dich kritisch an? Missbilligend? Vielleicht sogar abfällig? Liegst du mit dem, was du sagst, nur leicht daneben, oder machst du dich gerade zum Vollhonk des Jahres? Plötzlich wusstest du gar nicht mehr, was aus deinem Mund kam, und wie du deine Hände halten solltest. Und warum zum Teufel du an diesem Morgen überhaupt aufgestanden bist!

Tja, genau so war das für mich … jeden einzelnen Tag.

Jetzt überleg mal, ob du mir antworten kannst, ohne die Stimme zu senken.

Tom (der schon mal das Buch unter dem linken Schreibtischbein hervorzieht)

Nach 2 Tagen (16. März, 18:35)
Luna:
Hallo Tom,
bitte entschuldige, dass ich …

Nein, warte. Fangen wir lieber so an: TO-HOM, rate mal, warum ich dir erst jetzt schreibe! Eigentlich gab es nicht nur einen einzigen Grund, sondern eine ganze Reihe von Stadien, die ich vorher durchlaufen musste:

Zuerst habe ich mich für meinen mitleidigen Tonfall geschämt. Dann habe ich erkannt, dass diese Scham genauso blöd ist, und bin sie schnell losgeworden. Und nachdem sich mein Gehirn von seinem Muskelkater erholt hatte, bin ich wieder ins Grübeln geraten. Besser gesagt ins Googeln. Ich habe Wikipedia durchforstet, auf NetDoktor nachgelesen, kurz: das getan, wofür unsere Eltern noch eine Bibliothek hätten aufsuchen müssen. Ich hingegen konnte ganz gemütlich auf meiner Couch sitzen, während ich den Begriff „soziale Phobie" recherchiert habe.

Dabei bin ich zu einer Erkenntnis gelangt. Ist nicht vielleicht GENAU DAS dein Problem? Früher waren alle Menschen gezwungen, irgendwann ihre vier Wände zu verlassen, wenn sie nicht verhungern wollten. Sich komplett zu Hause einzuigeln, ist erst seit den letzten paar Jahren möglich, und ich wette, es gibt nun schon jede Menge Leute, die ganz ähnlich sind wie du. Streng genommen ist deine Lebensgeschichte ja nichts Besonderes:

Du warst als kleiner Junge schüchtern – so wie bestimmt ein Drittel aller Kinder. Später hast du Prüfungsangst entwickelt, die sich nach und nach zu einer allgemeinen Schulangst ausgeweitet hat. Auch davon habe ich schon öfter gehört. Bei dir war das Ganze nur etwas kniffliger, weil man dich als rebellischen Autoritätsverweigerer abgestempelt hat, anstatt deine Angst ernst zu nehmen und dir zu helfen. Vielleicht lag es daran, dass du nicht unbedingt so aussiehst wie ein introvertierter Nerd, und noch weniger wie ein Mobbingopfer. Aber genau das warst du, und danach hast du beschlossen, jede potentiell unangenehme Situation zu vermeiden: zuerst die Uni durch dein Fernstudium, dann den Büroalltag durch Home Office, und zum Schluss alles andere. Aber weißt du was, Tom? Hätte ich das Haus seit Monaten nicht mehr verlassen, dann würde mich der Gedanke an eine Veränderung auch nervös machen. Je länger, desto nervöser! Du hast es dir ja in deiner Einsiedler-Höhle inzwischen recht bequem gemacht, wenn ich das so sagen darf. Sonst würdest du vielleicht wirklich mal einen Blick in die Selbsthilfebücher deiner Mutter werfen, anstatt sie ohne zu zögern als Möbelstabilisator zu missbrauchen.

Sei ehrlich, Tom: Liege ich damit richtig? Und: Ist dir diese Mail wirklich lieber als meine letzte?

Viele Grüße von Luna, dipl. Küchenpsychologin

Nach 44 Minuten
Tom:
Liebe Luna,

du wirst es nicht glauben, aber: Sehr viel lieber sogar! In deiner übertrieben höflichen Mail bist du mir total fremd vorgekommen. Dafür hast du jetzt zum Ausgleich ein paar ganz schöne Dinger rausgehauen – „wenn ich das so sagen darf". Wirklich bequem ist es nämlich nicht, meine Mom weder an ihrem Geburtstag noch an Weihnachten besuchen zu können und dafür mit peinlichen Pullovern gestraft zu werden. Oder durch den Türspion immer wieder Nachbarn beim Stehenbleiben und Schnuppern zu beobachten, weil sie damit rechnen, dass irgendwann ein verdächtiger Geruch aus meiner Wohnung dringen wird …

Allerdings glaube ich auch nicht, dass du das so gemeint hast. Es stimmt schon, ich bewege mich in einem teilweise selbsterschaffenen Teufelskreis: Ich habe immer mehr Angst davor, rauszugehen, weil ich so lange nicht mehr rausgegangen bin, aus Angst davor, rauszugehen. Zeig mir ein Selbsthilfebuch, mit dem ich dieses Problem „mal eben" lösen kann, und es schießt direkt auf Platz 1 meiner Leseliste. Bis dahin hoffe ich weiter, dass George R. R. Martin bald seine Schreibblockade überwindet. Ich hab da ein paar Theorien zu Jon Snow, die ich gerne bestätigt sähe!

Viele Grüße von Tom, nerd in disguise

Nach 7 Minuten
Luna:
Wag es bloß nicht, zu spoilern! Ich bin erst bei Staffel 3, und sollte Kit Harington irgendetwas Schreckliches zustoßen – zum Beispiel, dass seine hübschen dunklen Locken abgeschnitten werden –, dann will ich es lieber noch gar nicht wissen.

Im Übrigen merke ich genau, dass du vom eigentlichen Thema ablenkst. Küchenpsychologin Luna lässt aber nicht locker. Du wolltest es nicht anders, auch wenn du jetzt vielleicht das Bedürfnis verspürst, mich einfach unter das zu kurze Bein irgendeines Möbelstücks zu klemmen. Mit meinen Fragen bin ich noch nicht am Ende, und hier sind gleich die nächsten zwei:

Wieso warst du an Silvester auf der Private-Booth-Webseite, und warum wolltest du unbedingt meine Mailadresse haben?

Nach 11 Minuten
Tom:
Tja, auch wenn ich vor Gesellschaft Schiss habe, fühle ich mich manchmal trotzdem wie der letzte Pinguin auf einer Eisscholle. Oder sagen wir's einfach, wie es ist: verdammt einsam. An Silvester war es besonders schlimm. Vielleicht hatte das mit der SMS zu tun, die mir meine Mom geschickt hat – sie meinte, sie sei mir „nicht böse", weil ich nicht zu ihrer alljährlichen Silvesterfeier zugesagt hatte. Anscheinend glaubt sie inzwischen, dass ich sie in erster Linie deshalb nicht mehr besuche, weil ich meinen Stiefvater nicht leiden kann (was allerdings ein wirklich guter Grund wäre, wenn ich nicht schon einen anderen hätte).

Außerdem ist mir an diesem Abend deutlich bewusst geworden, dass ich es im vergangenen Jahr nur an wenigen Tagen über die Türschwelle geschafft habe. Das letzte Mal im März, glaube ich – inzwischen müsste es also ziemlich genau zwölf Monate her sein.

Und dann habe ich diesen Artikel eines Online-Magazins gelesen. Darin ging es um die allgemeine

Tendenz, immer mehr Zeit im Internet und immer weniger im Real Life zu verbringen. Auch die Private-Booth-Webseite wurde genannt, und es hieß, dass dort „anonyme Intimität" oder „Nähe aus der Ferne" geboten werde. Genau das war es, was mich an der ganzen Sache gereizt hat, denn ich wollte mich an diesem Abend gern mit jemandem unterhalten, vielleicht auch mal wieder mit einer fremden Frau reden, ohne ... na ja, wirklich mit ihr reden zu müssen. Dass Chatten für mich funktioniert, wusste ich schon aus dem TeamSpeak meiner Online-Games, aber dort hatte ich fast nie mit Mädels zu tun. Also hab ich mich auf dieser Webseite eingeloggt, aus Langeweile, aus Einsamkeit, auf gut Glück ... und bin dir begegnet.

Luna, ich weiß, dass ich mich bei unserem ersten „Treffen" wie ein Vollidiot benommen habe, und das tut mir immer noch leid. Da ist wohl mein Silvester-Frust mit mir durchgegangen. Gleichzeitig hat es sich aber auch irgendwie toll angefühlt, dich aus der Reserve locken zu können, ohne selbst ein Risiko einzugehen – fast wie damals im Schnee, als ich meine Eltern hören und durch eine kleine Lücke beobachten konnte, während ich selbst unsichtbar war.

Spätestens nach unserem zweiten Chat wusste ich, dass ich mehr davon wollte. Mehr Gespräche, ohne reden zu müssen. Mehr „Nähe aus der Ferne". Und vor allem: mehr Begegnungen mit dem Rentierpullimädchen. Ich glaube, diese dämliche Webseite zu besuchen, war meine beste Entscheidung im ganzen vergangenen Jahr.

Nach 4 Minuten
Luna:
Es ehrt mich zwar, dass du das so siehst, Tom … aber für dieses Jahr solltest du dir auf jeden Fall höhere Ziele stecken. Und das sage ich ganz locker-lässig, ohne mitleidigen Unterton!! Hast du eigentlich schon mal von der sogenannten „Konfrontationstherapie" gehört?

Nach 5 Minuten
Tom:
Luna, du bist süß. Wie viel Zeit hast du denn damit zugebracht, auf NetDoktor & Co zu recherchieren? Ja, natürlich ist mir diese Therapieform bekannt. Auch, wenn ich Selbsthilferatgeber grundsätzlich als Ikea-Bausatz-Ergänzung verwende, habe ich mein Problem schon hunderte Male gegoogelt. Sonst wüsste ich vielleicht gar nicht, dass es sich dabei um eine Phobie handelt und nicht um eine „Charakterschwäche, kombiniert mit der Trägheit der heutigen Jugend", wie mein Stiefvater das mal genannt hat.

Auf den ersten Blick sieht die Konfrontationstherapie ja ganz einfach aus: Man setzt sich mit genau der Sache auseinander, vor der man Angst hat, und zwar immer intensiver – bis man lernt, mit den negativen Gefühlen umzugehen. So weit, so gut. Es gibt dabei nur einen gewaltigen Haken: Eine derartige Therapie ist nicht lustig, sondern richtig, richtig hart.

Du hast doch bestimmt auch vor irgendetwas Angst, oder, Luna? Jetzt stell dir vor, du müsstest trotzdem genau das tun, wovor dich jede Faser deines Körpers zu warnen versucht. Zum Beispiel befielt dir jemand: „Binde dir ein blutiges Steak ans Bein und schwimm ein paar Runden im Haifischbecken – du wirst sehen, es ist gar nicht so schlimm!"

Klingt nicht besonders prickelnd, was? Ungefähr die gleiche Motivation habe ich, mal wieder unter Leute zu gehen.

Nach 2 Minuten
Luna:
Und wenn wir es gemeinsam machen?

Nach 30 Sekunden
Tom:
Wie meinst du das?

Nach 50 Sekunden
Luna:
Das schreit doch geradezu nach einer „Tom-and-Luna-only"-Aktion!

Ich verstehe, dass es keinen Spaß macht, sich seinen Ängsten zu stellen. Schon gar nicht, wenn man damit allein ist. Zur Erleichterung könnten wir wieder einen Deal abschließen: Ich überlege mir jeden Tag eine kleine Aufgabe für dich, und im Gegenzug muss auch ich mich zu irgendetwas überwinden, wovor ich Angst habe.

Okay, es sollten vielleicht nicht unbedingt Haie und blutige Steaks involviert sein, aber ansonsten sind deiner Fantasie kaum Grenzen gesetzt. Ich würde sogar einen Horrorfilm MIT Ton gucken, oder endlich dem Haustier in meinem Badezimmer dieselbe Aufmerksamkeit zukommen lassen wie Ozzie, auch wenn es vier Beine zu viel hat. Na, was sagst du?

Nach 9 Minuten
Tom:
Ich weiß nicht recht, Luna. Wenn das nicht funktioniert – wovon ich ausgehe –, bist du wahrscheinlich enttäuscht. Wie würde denn so eine Aufgabe lauten?

Nach 40 Sekunden
Luna:
Das muss ich mir noch überlegen, aber keine Sorge, wir fangen ganz harmlos an. Schließlich möchte ich nicht riskieren, dass du mir aus Rache einen Spaziergang über einen nächtlichen Friedhof verordnest oder so! Jetzt muss ich aber dringend mal arbeiten.

Nach 30 Sekunden
Tom:
Okay, dann bis morgen.

Nach 25 Sekunden
Luna:
Tom?

Nach 20 Sekunden
Tom:
Luna?

Nach 25 Sekunden
Luna:
War der Beginn unserer Schreibfreundschaft wirklich deine beste Entscheidung im ganzen vergangenen Jahr?

Nach 35 Sekunden
Tom:
Ja, wirklich. Oder mindestens auf Platz 3, gleich nach meinem Entschluss, endlich mal Zahnseide zu benutzen.

Nach 20 Sekunden
Luna:
Was war auf Platz 1?

Nach 40 Sekunden
Tom:
Doch keine Zahnseide mehr zu benutzen. Als jemand, der früher beim Bilder-Ausmalen immer über den Rand gefahren ist, hätte ich es von vornherein besser wissen müssen.
Alles Liebe von Tom, dem Grobmotoriker

Nach 30 Sekunden
Luna:
Dir zu antworten landet bei mir auch auf Platz 3. Gleich hinter dem Entschluss, AdBlock zu installieren und Nutella nicht mehr direkt aus dem Glas zu löffeln.

Nach 25 Sekunden
Tom:
Da liegt ein wahrhaft glorreiches Jahr hinter uns. Ob wir das noch toppen können?

Nach 40 Sekunden
Luna:
Und ob. Gleich morgen fangen wir damit an. Hab einen schönen Abend, lieber Tom, und halt dich von Zahnseide fern!

Nach 1 Minute
Tom:
Und du von unfreiwilligen Haustieren. Jedenfalls, wenn sie *so* aussehen (Anhang).

Nach 50 Sekunden
Luna:
TO-HOM, das ist ja grauenhaft!!! Heb dir solche Sachen lieber für unsere „Aktion" auf, du sollst ja dein Pulver nicht zu früh verschießen!
Ich freu mich auf morgen. Und auf dich. Und darauf, dass dieses Phantom-Kribbeln in Erinnerung an die vielen, pelzigen Beine wieder vorbeigeht …
Deine Top-3-Luna

.

10. KAPITEL

Am nächsten Tag (17. März, 12:18)

Luna:

Betreff: Das hast du nun davon

Sehr geehrter Tom,

da du mir gestern ein höchst unerfreuliches Bild geschickt und somit den Start unserer Angst-Konfrontation-Aktion (a.k.a. AKA) vorweggenommen hast, gebührt mir heute das Stellen der ersten schauderhaften Aufgabe.

Bist du bereit??

Nach 7 Minuten

Tom:

Kein bisschen. Ich bereue es schon zutiefst, dich mit der Bananenspinne bekanntgemacht zu haben …

Luna, ich weiß echt nicht, ob das so eine gute Idee ist.

Nach 2 Minuten

Luna:

Tom, ich hab nur Spaß gemacht. Wie gesagt, wir lassen es ganz ruhig angehen und arbeiten uns Schritt für Schritt weiter. Heute brauchst du nur das Fenster zu öffnen (– riecht es draußen nicht unglaublich gut? Wieso erinnert mich Frühlingsluft immer an frischgewaschene Wäsche?) Beobachte die Leute da draußen ein bisschen und such dann eine Person aus, der du zuwinkst. Nicht mehr und nicht weniger.

Schreibst du mir, wenn du es hinter dir hast?

Nach 10 Minuten

Tom:

Okay, hab's erledigt, und es war nicht so schlimm wie befürchtet. Die Dame hat sogar zurückgewinkt.

Nach 40 Sekunden

Luna:

Echt, du hast eine Frau gewählt? Das nenn ich mutig! Wie sah sie denn aus?

Nach 30 Sekunden

Tom:

Zierlich. Blonde Locken. Pinkfarbenes Mini-Kleid. Ausgesprochen hübsch!

Nach 50 Sekunden

Luna:

Tom, du Womanizer! Ich bekomme den Eindruck, dass du gar nicht so zurückhaltend bist, wie du behauptest. Wahrscheinlich sollte ich mir morgen eine deutlich schwierigere Aufgabe einfallen lassen.

Nach 25 Sekunden

Tom:

Wahrscheinlich sollte *ich* jetzt zugeben, dass die „Dame" schätzungsweise zwei Jahre alt war.

Nach 1 Minute

Luna:

Ach so … da stand ich wohl etwas auf der Leitung. Bin auch ganz schön nervös. Stell mir am besten gleich meine Aufgabe, damit ich wieder klar denken kann.

Nach 3 Minuten

Tom:

Liebe Luna,

ich wusste nicht genau, wie „soft" wir starten würden, und habe mir deshalb etwas überlegt, das dir ziemlich unangenehm sein wird. Aber ich glaube, diese Sache ist ohnehin längst überfällig:

Sag deiner Mutter, dass du deinen Job bei der Zeitung verloren hast. Du brauchst ihr ja nicht zu verraten, dass es schon Monate her ist, und noch weniger musst du ihr auf die Nase binden, was du jetzt stattdessen arbeitest. Es genügt schon, wenn du ihr fürs Erste nur ein „Schlückchen" reinen Wein einschenkst. Ich finde die Vorstellung einfach nicht schön, dass du ihr bei jedem eurer Samstagsspaziergänge erfundene Geschichten aus dem Leben einer Journalistin erzählen musst. Gerade du, die Lügen so sehr verabscheut. Glaubst du wirklich, du hättest das nötig?

Nach 14 Minuten

Luna:

Tom, so war das eigentlich nicht vorgesehen. Ja, du solltest mir eine heikle Aufgabe stellen, aber ich dachte dabei eher an Mutproben. Einfach zum Spaß, verstehst du? Außerdem wäre dir ja sehr damit geholfen, wenn du dich wieder ins Freie trauen würdest. Ich hingegen habe überhaupt nichts davon, wenn ich meiner Mutter die Illusion nehme. Glaub mir, sie wurde in ihrem Leben schon oft genug enttäuscht, da muss sie sich nicht auch noch mit meinem Versagen beschäftigen.

Also überleg dir bitte irgendetwas anderes. Ich will auch ganz bestimmt kein Spielverderber sein – jede meiner Schulfreundinnen würde dir bestätigen, dass ich bei „Wahrheit oder Pflicht" niemals zimperlich gewesen bin.

Nach 7 Minuten
Tom:
Wenn es Spaß macht, hat es wenig mit Mut zu tun. Deswegen halte ich nichts von Bungee-Jumping. Oder Fallschirmspringen. Oder sonst etwas, bei dem es bloß darum geht, sich irgendwo runterplumpsen zu lassen.

Luna, mir war gestern schon klar, dass du dir diese „Aktion" zwischen uns anders ausgemalt hast. Aber weißt du was? Für mich ist das nicht einfach ein Spiel. Du kannst es dir vielleicht immer noch nicht vorstellen, aber ich habe tatsächlich *Schiss*, mit fremden Leuten zu kommunizieren. Es ist sogar schlimm für mich, wenn ich nur einem Kind vom Fenster aus zuwinken soll, denn natürlich hat mich seine Mutter komisch angeschaut, und der alte Mann hinter ihr, und wahrscheinlich auch die Gruppe Teenies auf der anderen Straßenseite. In diesem Moment habe ich mich wieder so gefühlt, als müsste ich vor der ganzen Klasse ein Referat halten. Mir war heiß und kalt, und der Puls in meinen Ohren war viel zu laut. Ist das normal für ein lustiges kleines Partyspiel? Wohl eher nicht.

Im Übrigen glaube ich, dass wir uns in einem Punkt kaum voneinander unterscheiden: Wir beide haben uns in Sackgassen manövriert, weil wir nicht mit Dingen klarkommen, die für andere kein Problem sind. Bei mir betrifft es das Rausgehen, bei dir den Willen, nach einem Rückschlag in der Karriere trotzdem weiterzumachen.

So, und jetzt hast du genau zwei Möglichkeiten:

1. Du stimmst mir zu und erfüllst die Aufgabe.

2. Du hältst das für totalen Schwachsinn, siehst aber ein, dass man mit Irren nicht diskutieren kann, und erfüllst die Aufgabe.

Bitte gib mir Bescheid, sobald du dich entschieden hast. Bis dahin einen schönen Nachmittag!

Tom

Nach 12 Stunden

Luna:

Betreff: Reiner Wein auf nüchternen Magen

Lieber Tom,

jetzt weiß ich wieder, warum ich „Wahrheit oder Pflicht" lustig finden konnte: Ich habe das niemals nüchtern gespielt. Auf diese Weise kommt es einem gar nicht so schlimm vor, einen Lippenstift zu klauen oder ein paar Minuten lang im Minirock an einer berüchtigten Straßenecke zu stehen, so wie in „La Boum 2". Die Sache heute war allerdings ganz anders. Nicht nur, weil ich meine Mutter selbstverständlich nüchtern angerufen habe – es hat auch kein bisschen Spaß gemacht, deine Aufgabe zu erfüllen. Zuerst war meine Mutter verwirrt, von mir zu hören. Ich konnte sie kaum davon abhalten, auf ihrem Kalender zu kontrollieren, ob auch wirklich noch nicht Samstag ist. Dann bekam sie es mit der Angst zu tun („Ist dir was passiert? Hattest du einen Unfall?"), und um das zu beenden, bin ich einfach mit der Wahrheit rausgeplatzt.

Tom, ehrlich, es war nicht schön. Ein kleiner Teil von mir hatte ja gehofft, sie würde die Nachricht halbwegs entspannt aufnehmen, aber stattdessen musste sie am anderen Ende der Leitung mit den Tränen kämpfen. Ich weiß nicht, ob ich ihr eher leidgetan habe, oder ob sie enttäuscht über mein Versagen war. Es dauerte eine ganze Weile, sie zu beruhigen, doch zum Abschied hat sie wie aus heiterem Himmel gesagt:

„Du wirst das schon schaffen, bist ja ein kluges Kind." Und bevor ich ihr erklären konnte, dass das eine nicht zwangsläufig mit dem anderen zusammenhängt, hatte sie schon aufgelegt.

Jetzt sitze ich hier und überlege, wie ich mich fühle. „Erleichtert" ist wohl das übliche Wort dafür, aber das Ganze hatte ja nichts mit Leichtigkeit zu tun. Eines steht jedenfalls fest: Du hast mich mal wieder durchschaut, Tom. Treffsicher hast du den Finger genau dort hingelegt, wo es wehtut – weil genau dort etwas in Ordnung gebracht werden musste. Es ist schon fast unheimlich, wie klar du mich siehst, und ich kann nur hoffen, dass mir das irgendwann auch gelingt.

Lass uns morgen wieder zusammen Angst haben!

Deine Luna

P.S. Du bist kein Irrer.

Am nächsten Morgen (18. März, 07:36)

Tom:

Betreff: Verfluchter Sandmann

Guten Morgen, Luna!

Eigentlich war ich fest entschlossen, bis zu deiner Antwort wachzubleiben, aber dann bin ich leider doch weggepennt. Dabei sind spätnächtliche Luna-Mails die allerbesten.

Du kennst doch sicher diesen Spruch: Hinfallen, aufstehen, Krönchen richten, weitergehen … Genau das hast du gestern getan. Darf ich schreiben, dass ich stolz auf dich bin?

Zum Ausgleich wird die heutige Aufgabe viel einfacher: Ich möchte nur, dass du dir eine Woche freinimmst. Gerade weil du momentan nicht deinen Traumberuf ausübst, zwingst du dich anscheinend dazu, immer perfekt und ehrgeizig zu sein. Das habe ich schon ganz am Anfang bemerkt, als du mir von den „Regeln" erzählt hast, die du im Chatroom strikt einhältst, und später wieder, als du sogar vor deinem Opernbesuch noch ein paar Stunden Arbeit einschieben wolltest. Du musst aber wirklich niemandem etwas beweisen, Luna, auch nicht dir selbst. Ein paar Tage Pause hast du dir sicher verdient.

Liebe Grüße

dein Tom

P.S. Du bist keine Versagerin.

P.P.S. Ich wette, mit Krönchen siehst du süß aus.

Nach 2 Stunden

Luna:

Deinem P.P.S. zuliebe erkläre ich mich mit diesem Auftrag einverstanden. Auch wenn mir so eine Pause schwerer fällt, als du glaubst – vielleicht liegt es daran, dass ich schon jetzt ahne, wie wenig Lust ich anschließend auf die Rückkehr in die Private Booth haben werde. Als *Selbst-Ständige(r)* muss man sich ja *ständig selbst* in den Hintern treten, wie du vermutlich weißt.

Trotzdem finde ich deine heutige Mutprobe ziemlich fair. Und weil ich auch fair sein will, habe ich mir für dich eine Sache überlegt, bei der ich ebenfalls eine Rolle spiele ...

Nach 3 Minuten

Tom:

Und zwar? Luna, ich klebe mit dem Gesicht schon fast am Bildschirm, du kannst mich doch nicht so hängenlassen!

Nach 5 Minuten

Luna:

Tut mir leid, mein Lieber. Das ist definitiv Material für eine spätnächtliche Luna-Mail. Treffen wir einander gegen Mitternacht wieder?

Nach 40 Sekunden
Tom:
Betreff: Doch nicht so süß
Ich gewinne den Eindruck, dass dein Alter Ego „Eiserne_Lady" sein könnte …

Nach 14 Stunden
Luna:
Betreff: Süß genug!
Na, Tom, noch wach? Falls du schon wieder eingepennt bist, setze ich mich höchstpersönlich in den Anhang, krieche aus deinem Laptop wie das Mädchen aus „The Ring" und wecke dich auf. Du schuldest mir nämlich noch was.
Und zwar …
… ein Telefonat. Mit mir. Am besten jetzt gleich.

Nach 5 Minuten
Tom:
Vergiss es, Luna! Was ist bitte schön aus „Wir lassen es ganz ruhig angehen" geworden?! Genauso gut könnte ein Fahrlehrer sagen: „Super, du schaffst es, das Gaspedal von der Bremse zu unterscheiden – und jetzt ab zur Formel 1."
Dass wir überhaupt miteinander kommunizieren können, liegt ja gerade an der Verlangsamung durch die E-Mails! Auch, wenn es zwischen uns manchmal Schlag auf Schlag geht, habe ich trotzdem immer ein bisschen Zeit, um mir meine Antwort zu überlegen. Ein paar Sekunden zwischen zwei Mails sind gar nichts. Eine sekundenlange Pause in einem Gespräch

dagegen ist ein ausgedehntes, peinliches Schweigen. Da mach ich nicht mit, sorry.

Gute Nacht.

Nach 2 Minuten

Luna:

Hey, nun warte doch mal! Mir ist sehr wohl bewusst, dass wir mit einem richtigen Telefongespräch ein paar Schritte überspringen würden. Für wie unsensibel hältst du mich eigentlich? Sogar ich wäre nervös, jetzt mit dem Mann zu plaudern, den ich … mit dem ich … also, der mir seit fast drei Monaten E-Mails schreibt. Deshalb habe ich mir etwas ausgedacht, um die Sache zu vereinfachen:

Wir legen vorher fest, was jeder von uns sagen wird. Sieh es als Zwei-Mann/Frau-Theaterstück! Meinetwegen kannst du deinen Text auch ablesen, dann sind peinliche Pausen ausgeschlossen. Klingt das immer noch so furchtbar?

Nach 4 Minuten

Tom:

Furchtbar nicht, aber schräg. Willst du das echt durchziehen, Luna? Ich weiß nicht mal, wie ich dich begrüßen soll.

Nach 30 Sekunden

Luna:

Du sagst einfach: „Luna, mein Augenstern, welch unverhofftes Vergnügen, heute deine Stimme zu hören."

Nach 40 Sekunden

Tom:

Erstaunlich, wie gut du meine Sprechweise getroffen hast. Dafür sagst du: „Commander Tom, melde mich gehorsamst zum Dienst, Sir!"

Nach 45 Sekunden

Luna:

Danach wieder du: „Ohne dich wären die Gefühle von heute nur die unendlich leere Hülle der Gefühle von damals."

Nach 30 Sekunden

Tom:

„Der Kaplan klebt Pappplakate an." (Dreimal.)

Nach 50 Sekunden:

Luna:

Was, ich soll dieses zauberhafte Amélie-Zitat mit so einer Banalität kontern? Aber wenn es dir um Zungenbrecher geht, hast du dich mit der Falschen angelegt, liebster Tom. Von Brautkleidern, die Brautkleider bleiben, über Fischers Fritz' frische Fische bis hin zu Katzen, die Treppen krumm treten, kenne ich sie alle. Da suche ich jetzt mal ein besonders schönes Exemplar für dich aus.

Nach 35 Sekunden

Tom:

Keine Chance, liebste Luna. Das mit dem Zungenbrecher war meine Idee. Copyright by Tom.

Nach 50 Sekunden
Luna:
Dann solltest du wenigstens laut und deutlich die Wahrheit zugeben: „Ich will nicht gegen dich spielen, weil ich Angst habe, zu verlieren."

Nach 40 Sekunden
Tom:
Schön, und nach diesem Geständnis kommen wir zum Ende. Den Abschiedsgruß denkt sich jeder selbst aus, okay? Das kriege ich hin. Meine Nummer findest du übrigens im Anhang ...
Oh Mann, Luna, es wird ernst.

Nach 2 Minuten
Luna:
Tom, du hast mir schon wieder ein Bild von einer ekligen Spinne geschickt!!! Dafür findest du jetzt MEINE Nummer im Anhang. Mein Handy liegt bereit. Lass mich bitte nicht zu lange warten, ehrlich gesagt klopft mein Herz ziemlich schnell.

Nach 18 Minuten
Luna:
Betreff: Das sonderbarste Gespräch, das jemals geführt wurde
Lieber Tom,
ich noch mal. Möchtest du mir heute nicht mehr schreiben? Falls ich für deinen Geschmack zu hoch geklungen habe – ich höre mich nicht immer so an! Nur wenn ich sehr nervös bin, rutscht meine Stimme

ein bisschen nach oben. Zu meiner Verteidigung möchte ich gerne vorbringen, dass ich mit diesem Problem keineswegs alleine bin. Viele Frauen heben in einschüchternden Situationen die Stimme und senken gleichzeitig das Kinn, sodass ihre Augen größer wirken. Dadurch nähern sie sich nämlich dem Kindchenschema an und wecken im Gegenüber den Beschützerinstinkt. Eigentlich keine besonders selbstbewusste Verhaltensweise, fällt mir gerade auf. Also, wenn wir das nächste Mal telefonieren, werde ich ganz emanzipiert-energisch vor mich hin knurren, versprochen!

Wo wir schon mal beim Thema Stimme sind: Darf ich jetzt über DEINE was sagen, Tom? Ich kann nämlich keine Sekunde länger so tun, als wäre mir das alles überhaupt nicht wichtig, und als wollte ich bloß ein wenig über Feminismus plaudern. In Wirklichkeit sind unzählige Fragen in mir hochgekocht, während ich auf deinen Anruf gewartet habe:

Würdest du so ähnlich klingen wie die Fantasie-Stimme in meinem Kopf, die mir immer deine E-Mails vorliest? Würdest du so klingen wie du selbst, oder wie irgendein Fremder? Ich hab mich auch gefragt, ob meine Idee mit dem einstudierten Gespräch vielleicht doch nicht brillant war. Hätte ja sein können, dass du hinter der ganzen Künstlichkeit gewissermaßen verschwindest!

Aber dann hat mein Handy endlich geläutet, und du warst sofort „da". Ich konnte dich genau erkennen, trotz der albernen Phrasen, die ich dir leider aufgetragen hatte. Wahrscheinlich lag es gerade daran, dass du an manchen Stellen gestockt hast und ab und zu bestimmt die Augen verdrehen musstest (ja, das ist mir nicht entgangen!). Ich wünschte, ich hätte unser Gespräch aufgenommen. Dann könnte ich mir jetzt noch ein paar dutzend Mal anhören, wie du „"„Augenstern""" sagst, mit mindestens vier Gänsefüßchen in der Stimme. Besonders schön fand ich, dass DU an der Stelle mit den Zungenbrechern derjenige warst, der sich versprochen hat. Statt „Ich will nicht gegen dich spielen, weil ich Angst habe, zu verlieren" hast du gesagt: „Ich will nicht spielen, weil ich Angst habe, dich zu verlieren." Ist dir das aufgefallen?

Im Übrigen bin ich froh, dass du nicht denselben dämonischen Bass besitzt wie Labormaus Brain. Stattdessen klingst du warm und ein bisschen kratzig – so wie ein ganz bestimmter Pullover ...

Nach 5 Minuten
Tom:
Du musst mir meinen Fehler nachsehen. Ich war schlicht und einfach verwirrt, weil ich nicht gedacht hätte, dass man „Pappplakate" *so* aussprechen kann! Das war überhaupt nicht nach oben verrutscht, wie du behauptest, sondern saß genau richtig. Und dieser „Kaplan" – Luna, der klang aber ganz und gar nicht zölibatär.

Nach 45 Sekunden
Luna:
Sondern?

Nach 7 Minuten
Tom:
Wie eine Person, der man gerne auf den Mund starren würde, während sie spricht. Weil sie nicht einfach drauflos sprudelt, sondern die Worte absichtlich länger für sich behält, ehe sie sie über ihre Lippen lässt: warm und ein bisschen gedämpft, sodass man näher herankommen muss, um nichts zu verpassen. Fast, als wäre das alles ein Geheimnis ... und als könnte ich verdammt froh sein, dass ausgerechnet ich es erfahre.

Nach 2 Minuten
Luna:
Oh, wow ... Ich hatte ja keine Ahnung, wie gut dir Kaplane gefallen.

Nach 20 Sekunden
Tom:
Dass es so heftig ist, hat mich auch überrascht.
P.S. Wir sprechen schon längst nicht mehr über Kaplane, richtig?

Nach 1 Minute
Luna:
Ach Tom, deine letzte Mail ist wieder eine von der Sorte, die ich gegen Albträume mit ins Bett nehmen möchte.
Schreib mir jetzt: „Schlaf gut, liebe Luna." Genau so, wie du es am Telefon gesagt hast.

Nach 35 Sekunden
Tom:
Schlaf gut, liebe Luna.

Nach 50 Sekunden
Luna:
Ich hab's gewusst: Es ist jetzt ganz anders als früher. Wenn ich das lese, spüre ich meinen Puls bis in die Fingerspitzen – bis auf die Tastatur. Es war heute sehr schön mit dir, Tom. Gute Nacht.

Am nächsten Abend (19. März, 19:24)
Luna:
Betreff: Aus großer Macht folgt große Verantwortung
Einen schönen guten Abend, Tom! Da du an meiner momentanen Unterbeschäftigung schuld bist, hoffe ich, dass du jetzt ein bisschen Zeit für mich hast ...? Ansonsten weiß ich echt nicht mehr, was ich tun soll. In meiner Verzweiflung habe ich meine Wohnung schon an Stellen gesäubert, an die du beim Putzen bestimmt noch nie gedacht hast: die Oberseite von Bilderrahmen, die Unterseite von Schränken und das Innere der Fernbedienung. Letztere funktioniert nun zwar nicht mehr, aber sie duftet.
Däumchendrehende Grüße von Luna

Nach 1 Stunde
Tom:
Ich weise jegliche Verantwortung von mir! Als Putzprofi hätte ich dir ganz genau sagen können, wie das

mit der Fernbedienung funktioniert. Das Innenleben von Elektrogeräten hat mir schon immer weniger Probleme bereitet als das von Menschen.

Und was deine Abendgestaltung betrifft: Erzähl mir nicht, du würdest „Private Booth 7" vermissen?

Nach 8 Minuten
Luna:
Das habe ich nie behauptet! Im Gegenteil, am Samstagabend ist der Chatroom speziell … speziell, obwohl sich dann auch am meisten Geld verdienen lässt. Aus irgendeinem Grund loggen sich um diese Zeit immer die sonderbarsten Kerle ein. Sind das vielleicht solche gefrusteten Workaholics wie ich, die nicht mit ihrer Freizeit klarkommen?

Jedenfalls hatte ich erst vergangenen Samstag einen besonders schrägen Vogel in meiner Booth. Der hat auf meine typische Einstiegsfrage, worauf er denn so steht, allen Ernstes geantwortet: „Erotische Dino-Geschichten."

Ich dachte, das wäre ein Scherz.

Ich habe gegoogelt.

Ich war erstaunt.

Nach 4 Minuten
Tom:
Faszinierend, Luna! Darf ich fragen, aus welcher Perspektive so etwas geschrieben wird? Brontosaurus in 3. Person? T-Rex als Ich-Erzähler („Hilfe, ich komm selber nicht ran")?

Nach 2 Minuten
Luna:
Wenn ich das richtig verstanden habe, geht es dabei nicht um Liebe zwischen Dinosauriern, sondern zwischen Dino und Steinzeit-Frau. Ist offenbar ein großer E-Book-Trend in Amerika.

Nach 1 Minute
Tom:
Genial und evolutionsgeschichtlich überaus naheliegend! Ich bin direkt neidisch, dass ich diese Idee nicht zuerst hatte. Vielleicht wäre ich mit „Jäger und Rammler 1 – 4" reich und berühmt geworden?

Nach 25 Sekunden
Tom:
Oder mit „Steinzeit-Stecher – Die Trilogie."

Nach 20 Sekunden
Tom:
Oder mit „50 Shades of Stegosaurus".

Nach 50 Sekunden
Luna:
Tom, du versuchst gerade von unserem Spiel abzulenken, stimmt's?

Nach 45 Sekunden
Tom:
Verdammt. Ich hatte gehofft, du würdest es nicht merken.

Nach 3 Minuten
Luna:
Betreff: Ganz schön hinterhältig
Na hör mal, und das, nachdem es gestern so gut lief! Auch für die heutige Aufgabe musst du das Haus nicht verlassen, aber ich möchte dich trotzdem ein kleines bisschen weiter aus deiner Komfortzone locken. Ehrlich gesagt ist das der Hauptgrund, warum ich mich schon am frühen Abend gemeldet habe: Um diese Uhrzeit ist es gerade noch nicht unhöflich, bei einem Nachbarn zu klingeln … und genau das sollst du tun.

Bevor du protestierst: Es braucht wirklich kein langes Gespräch zu sein! Denk dir einfach irgendeinen Vorwand aus – zum Beispiel, dass du dir etwas leihen möchtest –, und nach einer Minute ist das Ganze schon wieder vorbei. Okay?

Nach 2 Stunden
Tom:
Oh Mann, Luna. Bei deiner Zeitplanung hättest du aber noch drei Faktoren berücksichtigen müssen:

1. Dass ich etwa eine Stunde vergeblich nach einer Möglichkeit suchen würde, mich aus der Sache rauszuwinden.

2. Dass ich eine gefühlte halbe Stunde an meiner Wohnungstür lauschen würde, um sicherzugehen, dass gerade keine große Menschengruppe vorbeimarschiert.

3. Dass ich anschließend fast eine weitere halbe Stunde durchs Treppenhaus geistern würde, auf der

Suche nach einer Tür, hinter der hundertprozentig keine Party stattfindet.

Als ich mich endlich für eine Wohnung entschieden hatte, war die Phase, in der man leichtfertig beim Nachbarn klingeln darf, bereits überschritten, und hinter der ruhigsten Tür war anscheinend Schlafenszeit. Jedenfalls hat mir ein älterer, schnauzbärtiger Herr in blaugestreiftem Pyjama geöffnet, und was dann folgte, beschreibe ich dir jetzt mal als einaktiges Drei-Personen-Stück.

Schnauzer: Wo brennt's?

Ich: Guten Abend, bitte entschuldigen Sie die späte Störung, ich wohne schräg über Ihnen und müsste dringend was ausleihen.

(Den Satz hatte ich vorher einstudiert. Gut, was?)

Schnauzer: Und zwar?

(Und zwar … fiel mir in diesem Moment ein, dass ich beim Einstudieren einen wesentlichen Part vergessen hatte.)

Ich: Ähm, Oliven.

Schnauzer: Was – jetzt?!

Auftritt eine ältere Dame in ebenfalls blaugestreiftem Nachthemd.

Dame: Günther, wer ist denn da?

Schnauzer: Ein Nachbar, der Oliven will.

Dame (beäugt mich scharf): Sie hab ich ja noch nie gesehen.

Ich: Bisher waren auch noch nie die Oliven alle.

Kurz gesagt, es war grauenhaft! Bis mir die Dame endlich ein verstaubtes Glas in die Hand gedrückt hat, musste ich die ganze Zeit daran denken, wie problemlos ich das Zeug online hätte bestellen können. Nur, dass ich – wie mir erst wieder zu Hause eingefallen ist – Oliven nicht mal besonders mag. Das alles habe ich ertragen, nur damit du ebenfalls verpflichtet bist, eine Aufgabe zu erfüllen. Hier ist sie also:

Luna, ich hab dir ja von diesem Artikel erzählt, der mich am Silvesterabend auf die Private-Booth-Webseite geführt hat. Er stammte aus einem Online-Magazin namens „ZEITGESPENST", das sich mit technischen Errungenschaften, aber auch mit den positiven und negativen Phänomenen der Internetgeneration auseinandersetzt. Vergangene Woche haben sie dort zum Beispiel den Untergang des Telefonierens prophezeit, weil heutzutage das Meiste besser schriftlich erledigt werden kann (aber sie haben dich ja auch noch nie „Pappplakate" sagen hören).

Ich wette, eine Journalistin, die sogar einen Feldversuch in Sachen „anonyme Intimität" durchgeführt hat, nehmen sie dort mit Handkuss – und deshalb möchte ich, dass du dich bewirbst.

Nach 1 Stunde
Tom:
Betreff: Kneifen gilt nicht!
Hey Luna, wenn es sein muss, esse ich sogar die verstaubten Oliven!

Schau mal, ich kann dir natürlich nicht garantieren, dass die vom Magazin dich nehmen. Aber falls es nicht klappen sollte, hast du nur die Zeit verloren, die es dich gekostet hat, ein Bewerbungsschreiben zu verfassen. Also, wo liegt das Problem?

Nach 1 Stunde
Tom:
Schläfst du schon?

11. KAPITEL

Am nächsten Morgen (20. März, 10:16)
Luna:
Betreff: Kleine Pause
Lieber Tom,
bitte lass uns dieses Spiel für eine Weile unterbrechen. Meinetwegen bewerbe ich mich mal bei dem Online-Magazin, auch wenn ich nicht glaube, dass ich dort Chancen habe … doch im Moment bin ich zu durcheinander, um mich auf so etwas zu konzentrieren.

Wahrscheinlich möchtest du das gar nicht so genau wissen, aber wir haben ja beschlossen, einander nicht mehr zu belügen. Nur aus diesem Grund erzähle ich dir jetzt, dass sich Patrick letzte Nacht bei mir gemeldet hat. Ich wollte die SMS gleich löschen, ohne sie zu lesen – schließlich war es schwer genug, Patrick aus meinem Kopf zu verbannen, da brauchte ich nun wirklich keine Erinnerung an ihn. Allerdings haben sich meine Augen nach den vergangenen Monaten intensiven Trainings daran gewöhnt, Textnachrichten in Windeseile aufzusaugen. Und so wusste ich nur wenige Sekunden später:

Es tut ihm leid.

Er hat mich in der letzten Woche sehr vermisst.

Er wünscht sich einen Neuanfang.

Glaub nicht, ich hätte ihm sofort voller Begeisterung zurückgeschrieben. Ich bin vielleicht ein naiver Happy-End-Junkie, aber deswegen habe ich ihm sein Benehmen an meinem Geburtstag noch lange nicht verziehen. Trotzdem muss ich jetzt die ganze Zeit darüber nachdenken, wie ich am besten reagiere. Ich wüsste zu gern, warum er früher nicht zu mir stehen wollte und nun seine Meinung plötzlich geändert hat! Vielleicht würde mir eine Erklärung sogar dabei helfen, mit der ganzen Sache abzuschließen …

Das bedeutet aber nicht, dass unser Spiel zu Ende ist. Bitte lass mich einfach in Ruhe darüber nachdenken, wie ich Patrick antworte, und danach machen wir gleich mit unseren Mutproben weiter, okay?

Liebe Grüße

Luna

Nach 20 Minuten

Tom:

Liebe Luna,

wenn es dir recht ist, können wir auch sofort weitermachen. Ich hätte da schon eine neue Aufgabe für dich:

Schreib Patrick nicht zurück. Gar nichts.

Nach 50 Sekunden

Luna:

Das kannst du nicht von mir verlangen.

Nach 3 Minuten

Tom:

Wieso nicht? Du sagst doch, dass du ohnehin mit der Sache abschließen möchtest. Da hat es keinen Sinn, noch einmal das Gespräch mit ihm zu suchen. Im Übrigen bezweifle ich, dass er seine Meinung geändert hat. Vor einer Woche wollte er nichts „Festes", und jetzt … wünscht er sich einen Neuanfang. Anstatt mit dir weiterzugehen, macht er also einen Schritt zurück.

Wenn du ehrlich bist, ahnst du das schon selbst. Du möchtest es nur nicht so stehen lassen, weil du Angst hast.

Nach 1 Minute
Luna:
Das ist nicht wahr! Was soll es denn mit Angst zu tun haben, wenn ich noch einmal offen mit ihm über alles spreche? Feige wäre es, mich jetzt einfach zu verkriechen!

Nach 45 Sekunden
Tom:
Ja, gib's mir richtig, Luna. Schon klar, ich sitze hier in meiner Einsiedler-Höhle und schwinge große Reden, obwohl ich eigentlich nichts zum Thema Mut zu sagen habe. Aber weißt du, was ich dadurch nur umso deutlicher merke? Manchmal erfordert es tatsächlich mehr Überwindung, zu schweigen.

Nach 2 Minuten
Luna:
Na schön, Tom! Was hältst du von diesem Vorschlag, wenn du schon so in mein Leben eingreifen möchtest:

Ich antworte Patrick nichts, und du verlässt das Haus! Von mir aus geh nur bis zur nächsten Dönerbude oder was weiß ich! Klingt das nach einem fairen Deal? Bist du dann zufrieden?!

Nach 10 Minuten
Tom:
Okay.

Nach 50 Sekunden
Luna:
Wie, im Ernst jetzt? Du gehst ins Freie?

Nach 30 Sekunden
Tom:
Wenn du dafür Patricks SMS nicht beantwortest, ja.
Dann mache ich das.

Nach 12 Stunden
Luna:
Wie ging's dir mit deiner Aufgabe?

Nach 5 Minuten
Tom:
Beschissen wäre geprahlt. Dir?

Nach 1 Minute
Luna:
Dito.

Nach 2 Tagen (22. März, 13:04)
Tom:
Betreff: Game Over?
Liebe Luna,
     läuft das Spiel noch, oder haben wir beide – ohne
es zu bemerken – verloren? Wie ein Sieg fühlt es sich

jedenfalls nicht an. Mein Posteingang kommt mir so vor wie eine Geisterstadt …

Irgendwo zwischen fliegenden Dornenbüschen und Staub,

Tom

Nach 3 Stunden

Luna:

Lieber Tom,

du hattest recht, das hier ist kein Spiel. Inzwischen geht es mir ganz schön an die Substanz. Vielleicht stimmt es, und ich habe tatsächlich Angst, die Sache mit Patrick einfach auf sich beruhen zu lassen.

Weißt du, Schlussmachen ist schon komisch. Zerstreitet man sich mit seiner besten Freundin, ist es trotzdem kein Problem, den Kontakt nach einer Weile wieder aufzugreifen. Wenn es allerdings zwischen zwei Partnern nicht funktioniert – die ja noch viel mehr als gute Freunde füreinander empfinden oder jedenfalls mal empfunden haben –, ist es auf einen Schlag aus und vorbei.

Aber was passiert mit den übriggebliebenen Gefühlen und all den schönen Erinnerungen? Lösen die sich etwa in Luft auf, wenn man die Beziehung beendet?

Ich glaube eher, sie fliegen einem noch eine ganze Weile um die Ohren, so wie die Dornenbüsche in deiner Geisterstadt. Das ist nicht wie in „Sex and the City", wo die Ladys einen Kerl nach dem anderen locker-flockig abservieren, ohne später einen einzigen Gedanken an ihn zu verschwenden. So sehr ich die Serie auch mag, in diesem Punkt finde ich sie wirklich unrealistisch.

Jedenfalls ist es gut möglich, dass ich Patrick im Moment nicht objektiv betrachten kann. Aber vielleicht kannst du es ja? Du musst dir deiner Sache ja ziemlich sicher sein, wenn du dafür sogar deine größte Angst überwindest. (Möchtest du mir ein bisschen davon erzählen?)

Nach 12 Minuten
Tom:
In diesem Punkt ist die Serie unrealistisch? Okay, da halte ich jetzt lieber die Klappe. So eine Diskussion wäre mir definitiv zu „Big".

Luna, zu meinem vorgestrigen Ausflug gibt es nicht viel zu sagen. Ich habe Blut und Wasser geschwitzt, und als ich die nächste Dönerbude erreicht hatte, war mir zu schlecht, um etwas zu bestellen. Aber ja: Ich bin mir meiner Sache sicher. Dafür würde ich es jederzeit wieder tun. Scheiße, ich würde sogar mit der U-Bahn fahren, wenn du im Gegenzug den Mut aufbringst, Patricks Nummer zu löschen.

Nach 7 Minuten
Luna:
Oh … Tom, wirklich? Nach so einer langen Zeit zu Hause würdest du dich noch heute in einen Waggon voller Menschen zwängen?

Ehrlich gesagt fühle ich mich wie der allerletzte Feigling, wenn du von einem Tag auf den anderen dein Leben radikal umkrempelst, während ich beim

Gedanken an einen Kontaktabbruch mit meinem Ex kalte Füße bekomme. Heutzutage hat es so etwas Endgültiges, wenn man sich von jemandem distanziert. Wer hat sich früher die Mühe gemacht, einen Kontakt aus dem Adressbuch zu reißen? Aber jetzt „entfernt" man Freunde auf Facebook, „löscht" sie von seinem Handy und radiert sie damit aktiv aus seinem Leben.

Andererseits: Vielleicht fällt es mir gerade deshalb so schwer, weil es wirklich wichtig ist. Also machen wir das, Tom?

Augen zu und durch?

Nach 5 Minuten
Tom:
Ich werde die Augen sicherheitshalber offen lassen, sonst stolpere ich noch auf die Gleise. Aber ja, Luna – wir machen das.

Bis gleich.

Nach 4 Stunden
Luna:
Betreff: Ein kleiner Schritt für die Menschheit, aber …

Tom, hast du es geschafft? War es schlimm? Bist du so überdreht und zittrig wie ich?

Nach 1 Stunde
Tom:
Eher wie ein Wackelpudding auf Speed, liebe Luna.

Nach 3 Minuten

Luna:

AAAAH, ich bin so stolz auf dich! Und auf mich auch ein kleines bisschen. Ich weiß nicht, wann ich das letzte Mal so etwas hätte sagen können!

Nachdem ich Patricks Nummer gelöscht hatte, bin ich in eine Art Rausch verfallen. Das klingt jetzt verrückt, aber es lässt sich nicht anders beschreiben. Sämtliche SMS von ihm, unser WhatsApp-Chatverlauf, ja sogar die zwei oder drei E-Mails, die er mir während unserer Beziehung geschickt hat … das ist jetzt alles, alles weg. Das Einzige, was ich nicht ausradieren konnte, ist meine Erinnerung an seine Wohnadresse, doch abgesehen davon habe ich alle Brücken zwischen uns gesprengt. Ich hatte befürchtet, dass ich mich danach leer fühlen würde – stattdessen komme ich mir so vor, als hätte ich einen längst überfälligen Frühjahrsputz erledigt.

Aber da quassle ich die ganze Zeit von meinem Display-Drama, während du eine Mutprobe in der ECHTEN Welt bestanden hast! Genauer gesagt in der Unterwelt. Erzähl doch mal, wie war's in der U-Bahn?

Nach 8 Minuten

Tom:

Was soll ich dir erzählen? Mein Problem besteht ja darin, dass mir Dinge verdammt unangenehm sind, die anderen Leuten ganz normal vorkommen. Es gibt für dich wohl kaum was Langweiligeres als eine U-Bahn-Fahrt, oder?

Nach 2 Minuten
Luna:
Irrtum, jede Reise durch die Unterwelt ist für mich wie ein Besuch im Kuriositätenkabinett!

Da gibt's die Sittenwächter, die über die Geruchsbelästigung von Döner-Mampfern jammern, selbst aber in einer fast sichtbaren Wolke Parfum hocken.

Die Kopfhörerträger, die sich ganz abgeschottet und elitär vorkommen und keine Ahnung haben, dass ihr Sitznachbar Helene Fischer durchhören kann.

Die Griesgrame, die kleine Hunde anlächeln, ohne deren zweibeinige Begleiter eines Blickes zu würdigen.

Die Handyzombies, die vielleicht nur von außen (un)tot wirken und innen schlimmes Herzklopfen haben, weil sie gerade E-Mails lesen ...

Was gab es denn bei dir?

Nach 10 Minuten
Tom:
Von jedem etwas, und dazwischen einen Typen, der sich ohne ersichtlichen Grund fast ins Hemd gemacht hat. Luna, ehrlich gesagt will ich dir nicht im Detail erzählen, wie ich im Kuriositätenkabinett der größte Freak war.

Nach 50 Sekunden
Luna:
Das braucht dir aber nicht unangenehm zu sein, Tom! Schau mich an – meine Finger haben gezittert,

nur weil ich auf ein Papierkorb-Symbol tippen sollte. Ich finde, du hast dich heute großartig geschlagen. Wirklich, meine Hochachtung! Dass du deine Ängste so schnell überwinden würdest, hätte ich niemals gedacht. Warte nur mal ab, bis du dich von deinem Schock erholt hast, dann wirst du dich erst richtig freuen! Eigentlich sollten wir das sogar feiern. Hast du zufällig was Passendes im Kühlschrank? Dann trinken wir auf überwundene Ängste und verschiedene Formen von Freakiness.

Nach 4 Minuten
Tom:
Grundsätzlich gerne, aber können wir das auf morgen verschieben? Ich bin echt k. o. von der Sache.

Nach 40 Sekunden
Luna:
Dann haben wir morgen um 21 Uhr ein Date, abgemacht? Oje, jetzt weiß ich gar nicht, wohin mit meiner Aufregung. Ich bin so zappelig, da kriege ich heute Nacht bestimmt kein Auge zu.

Nach 30 Sekunden
Tom:
Was das betrifft ... hast du dein Handy griffbereit?

Nach 25 Sekunden
Luna:
Nein, das liegt mit leerem Akku im Schlafzimmer. Wieso?

Nach 5 Minuten
Tom:
Gut. Bis morgen, Luna.

Nach 30 Sekunden
Luna:
??

Nach 13 Minuten
Luna:
Betreff: Danke
Lieber Tom,
    eben habe ich meine Mailbox abgehört, und ich mach es später wieder, wenn ich im Bett liege. So zwei bis fünfzig Mal.
    Da versuchen die Leute es mit Schäfchenzählen und Meditieren und Traumfängern und heißer Milch mit Honig – und ich habe das einzig zuverlässige Mittel für sorgenfreie Nächte gefunden: „Schlaf gut, liebe Luna" in Dauerschleife.
    Du auch, Tom, und träum was Schönes!
    Deine Luna

Am nächsten Abend (23. März, 21:02)
Luna:
Betreff: Knallharte Champagnerfeten
Guten Abend, Tom!
    Kann es losgehen? Okay, ich erledige das hier ohne Knall (Ozzie zuliebe) und ohne Champagner (davon muss ich schrecklich niesen und habe auf diese Weise schon viele feierliche Momente ruiniert). Wein

steht allerdings bereit. Damit werde ich dir – egal, wie dämlich das aussieht – durch den Bildschirm meines Laptops zuprosten, weil du in den vergangenen Tagen einen unglaublichen Sprung gewagt hast. Ein paar Schlückchen trinke ich auch auf mich selbst. Nicht wegen meiner Lösch-Aktion, die mir im Nachhinein gar nicht mehr besonders heldenhaft vorkommt, sondern weil ich endlich meine Bewerbung für das Online-Magazin geschrieben habe. Jetzt muss ich sie nur noch Buchstabe um Buchstabe auf Tippfehler überprüfen, dann schicke ich sie ab.

Nach 7 Minuten
Tom:
Wow, Kleines. Find ich klasse, dass du dich dazu durchgerungen hast. Wenn du magst, kannst du mir das Ding gerne zeigen. Bin super in Rechtschreibung, und Bewerbungsfotoprüfung ist überhaupt mein Spezialgebiet …
Zum Wohl!

Nach 2 Minuten
Luna:
Haha, Tom, darf ich dich etwas fragen? Was genau trinkst du gerade?

Nach 1 Minute
Tom:
Wodka – ansonsten hätt ich nur Kakao oder Leitungswasser zum Anstoßen dagehabt. Und für irgendwas sollten die staubigen Oliven doch gut sein.

Nach 4 Minuten
Luna:
Brr, dann mach aber lieber ein bisschen langsamer. Mir scheint, du könntest jetzt nicht mal mehr einen dass-Fehler aufspüren, du Rechtschreib-Profi. Ich bin erst beim zweiten Glas!

Nach 3 Minuten
Tom:
Ich beim fünften. Wie war das nun mit dem Foto?
 Salut!

Nach 5 Minuten
Luna:
Hey Tom,
 wozu die Eile? Bist du dermaßen auf den Geschmack alter Oliven gekommen – oder hast du heute noch was vor?

Nach 2 Minuten
Tom:
Jep. Aber das sag ich dir erst ein paar Gläser später.

Nach 6 Minuten
Luna:
Klingt ja fast, als wolltest du dir Mut antrinken? Ich hole mir jetzt mal ein paar Cracker, der Wein braucht dringend Gesellschaft. Wäre vielleicht auch eine Idee für dich, Tom! Deine Oliven sind anscheinend kurz vorm Absaufen.

Nach 30 Sekunden
Tom:
Und wenn's so wär?

Nach 50 Sekunden
Luna:
Wenn was wie wäre? (will weintrinkendes Weibchen wissen.)

Nach 25 Sekunden
Tom:
Wenn ich gerade dabei wäre, mir Mut anzutrinken.

Nach 5 Minuten
Luna:
Oookay, die Cracker können warten.

Lieber Tom, ich hätte nicht gedacht, dass es so spannend sein würde, mit dir ein (im wahrsten Sinne des Wortes) BLIND Date zu haben! In einem Club und von Angesicht zu Angesicht wäre es viel leichter, dich einzuschätzen. Meistens genügt nämlich schon der Aufenthaltsort eines angetrunkenen Mannes, um ihn einer von drei Gruppen zuzuordnen:

Manche Kerle werden nach ein paar Gläsern laut und aktiv, die findet man flirtend und zappelnd auf der Tanzfläche.

Manche werden leise und passiv, die hängen an der Bar rum.

Und dann gibt es noch die, die leise und aktiv sind. Die hab ich schon mal erwähnt, als von den verschiedenen Kuss-Sorten die Rede war. Spontan hätte ich dich ja in die zweite Schublade gesteckt – aber vielleicht bist du doch eher ein verführerischer Dunkler-Winkel-Typ?

Gespannte Grüße von

Luna, der allmählich warm wird. Hat aber sicher nur mit dem Wein zu tun!

Nach 4 Minuten
Tom:
Ziemlich dunkel und verwinkelt, ja. Trotzdem liegst du gerade falsch.

Nach 50 Sekunden
Luna:
Und wie würde ich richtig liegen …? Jetzt sei doch nicht so entsetzlich geheimnisvoll!

Dafür, dass du sofort mit der Sprache rausrückst, bekommst du auch was von mir. Schau mal in den Anhang, falls du in deinem dunklen Winkel noch genug sehen kannst!

Nach 7 Minuten
Tom:
Wie alt ist dieses Bewerbungsfoto? Deine Haare sind darauf länger als auf dem anderen Bild. Aber dein Lächeln ist ganz genau dasselbe. Und ich hätte nicht gedacht, dass dir weiße Blusen sogar noch besser stehen als schwarze Tanktops oder Rentierpullover …

Verdammt, Luna – du machst es mir wirklich hart.

Nach 35 Sekunden
Luna:
Darf ich deinen letzten Satz fürs Bullshit-Bingo verwenden? ;)

Nach 10 Minuten
Tom:
Oh Mann, wir reden meilenweit aneinander vorbei. Ich glaube, es war ein Fehler, dass ich davon angefangen hab. Lass uns das Thema wechseln, okay? Zum Beispiel ... wenn du jetzt schon ein Bewerbungsschreiben hast, möchtest du es dann vielleicht gleich mehrfach verschicken? Ich kenne ein paar Magazine, die ganz gut zu dir passen würden. Oder du zu ihnen. Warte, ich schreib mal schnell eine Liste.

Nach 3 Minuten
Luna:
Schade, Tom! Nach mehreren Gläsern Wein bin ich ehrlich gesagt nicht direkt in Bewerbungslaune. Hast du deinen Mut beim gestrigen U-Bahn-Fahren aufgebraucht?

Eins kann ich dir garantieren: Wenn du mich demnächst besuchen kommst, wirst du nicht mehr so leicht das Thema wechseln können wie per Mail. Ich bin nämlich ebenso neugierig wie hartnäckig! Außerdem habe ich sicherheitshalber Oliven + Zubehör ganz oben auf meine Einkaufsliste gesetzt. Vermutlich würde ich eine tolle Polizistin abgeben: Good Cop und Bad Cop in einer Person.

Nach 40 Sekunden
Tom:
Wenn ich dich demnächst besuchen komme?

Nach 2 Minuten
Luna:
Ja, ich dachte, am besten noch diese Woche. Passt dir Freitag oder Samstag? Danach sind ja die Osterfeiertage, und ich weiß nicht, wie sehr ich verwandtentechnisch eingespannt sein werde. Du könntest morgen mal probieren, wie es dir geht, wenn du mehrere U-Bahn-Stationen weit fährst. Als eine Art Training, meine ich. Aber vielleicht wohne ich ohnehin ganz in deiner Nähe?

Übrigens, wegen meines „Good Cop – Bad Cop"-Geplappers: Vergiss das einfach wieder. Wir werden es sehr gemütlich und schön zusammen haben. Ozzie freut sich schon auf jemanden, der den Kauknochen nicht so wirft wie ein Mädchen!

Und ich freu mich erst recht, Tom. Wie sehr, kann ich dir gar nicht richtig beschreiben.

Alles Liebe
deine Luna

Nach 15 Minuten
Tom:
Scheiße, ich kann nicht mehr. Und damit meine ich nicht den Wodka, obwohl mir allmählich kotzübel wird.

Luna, bitte, bitte hör auf, Pläne für uns beide zu schmieden. Ich werde nicht zu dir kommen. Ganz bestimmt nicht in dieser Woche, und vielleicht niemals. Wenn du willst, schreibe ich dir weiter E-Mails, ich bleibe dein Freund aus der Ferne, aber das ist alles.

Nach 4 Minuten
Luna:
Tom ... nein. Das stimmt nicht. Du versuchst, mich reinzulegen, oder? Schon klar, wir ziehen uns immer wieder gegenseitig auf, und jetzt bist du außerdem betrunken, aber dieser Scherz ging daneben. Wir waren schon mal an diesem Punkt, erinnerst du dich? Deshalb finde ich das nicht besonders lustig, vor allem nicht nach dem, was wir in den letzten Tagen gemeinsam durchgestanden haben. Vielleicht sollten wir lieber schlafen gehen.

Nach 20 Minuten
Tom:
Du irrst dich, Luna. Wir waren nicht an diesem Punkt, wir sind es noch immer. Wir haben uns keinen Zentimeter vom Fleck gerührt. Also – du schon. Du bist im Laufe unseres „Spiels" über dich hinausgewachsen, aber dadurch bist du für mich nur immer weiter in die Ferne gerückt. Zum Teil war ich daran sogar selber schuld:

Ich musste dich ja unbedingt dazu überreden, eine Auszeit von der Private-Booth-Webseite zu nehmen und dich nach einem Job als Journalistin umzusehen. Als du das mit den Mutproben vorgeschlagen hast, war mir sofort klar, dass ich dich bei dieser Gelegenheit zu einem Richtungswechsel motivieren wollte. Schließlich hast du oft genug gemeint, du seist in eine Sackgasse geraten. Das Schreiben fehlt dir, das merke ich in jeder deiner ausführlichen, scharfsichtigen, fast analytischen Mails. Du wärst so viel glücklicher, wenn du das wieder zu deinem Beruf machen würdest.

Und dann – gerade, als ich dich zum Umdenken bewegen konnte –, hat sich Patrick bei dir gemeldet. Ausgerechnet der Kerl, der dir das Gefühl vermittelt hat, für immer in der Sackgasse festzustecken. Ich glaube, dass du dich hauptsächlich deshalb mit dem Ende eurer Beziehung abgefunden hast, weil du dich vor ihm schämst, Luna. Du denkst, ein Typ wie er könnte sowieso nie zu einem Mädchen aus dem Erotik-Chat passen. Allerdings besteht ja nun die Möglichkeit, dass du dieses Mädchen bald nicht mehr sein wirst, sondern eine Online-Journalistin …

Was dann passieren würde, konnte ich mir genau vorstellen. Ihr hättet euch getroffen, um „noch einmal über alles zu reden", ihm hätte dein neues Selbstbewusstsein gefallen und dir sein ganzes … ganzes Patrick-Ding, und ihr hättet wieder von vorne angefangen.

Wie sollte ich damit konkurrieren? Mal abgesehen davon, dass ich kein Anwalt bin, mich nicht so wahnsinnig mit *Kultur* auskenne und auch keine spannenden Reisen unternommen habe, besteht Patrick im Gegensatz zu mir aus Fleisch und Blut. Er kann dich in die Oper einladen, während ich als Geist in deinem Posteingang festhänge.

Was hatte ich für eine Wahl? Ich *musste* diesen Deal mit dir eingehen: meine überwundene Angst gegen seine gelöschte Handynummer. Mit Patrick in deinem Leben wäre es mit unseren E-Mails, mit „Tom-and-Luna-only" bald vorbei gewesen. Das konnte ich nicht zulassen, also habe ich behauptet, ich hätte mich ins Freie getraut. Seit Tagen freust du dich über meine Erfolge, aber in Wirklichkeit erzähle ich dir nur, was du hören willst.

Es tut mir leid.

Am nächsten Morgen (24. März, 05:53)

Tom:

Liebe Luna,

die Sonne geht auf, und diesmal bin ich derjenige, der nicht schlafen kann.

Bitte verzeih mir.

Tom

Nach 15 Stunden

Tom:

Mir ist klar, dass ich von dir eigentlich keine Antwort mehr erwarten darf. Ich habe dir falsche Hoffnungen gemacht. Ich habe dich angelogen, obwohl ich ganz genau weiß, wie sehr du Lügen hasst. Und ich habe deine Beziehung sabotiert, einfach nur, um Zeit zu gewinnen. Aber verstehst du nicht, dass das meine einzige Möglichkeit war?

Hätte ich dir ehrlich gesagt, dass ich das alles noch nicht fertigbringe – ich hätte dich niemals halten können. Meine Phobie ist aber keine Grippe, die sich innerhalb weniger Tage auskurieren lässt. Vielleicht kann man sich das nicht vorstellen, wenn man nicht selbst betroffen ist, oder ich habe es zu sehr verharmlost. Deine erste Reaktion auf meine Krankheit war einfach nicht auszuhalten! Sobald ich dann lockerer über die Sache gesprochen und dir gesagt habe, dass du mich nicht zu bemitleiden brauchst, warst du wie ausgewechselt: neugierig und optimistisch und voller Tatendrang … Das wollte ich auf keinen Fall wieder zerstören. Also habe ich mich auf diese Mutproben-Sache eingelassen, obwohl mir bewusst war, dass das kein gutes Ende nehmen würde. Es ist so, wie ich dir schon am Telefon gesagt habe (als du dachtest, ich hätte mich bloß versprochen):

„Ich will nicht spielen, weil ich Angst habe, dich zu verlieren."

Was du von mir gefordert hast, war zu viel und ging zu schnell. Ich bin dazu bereit, an mir zu arbeiten, aber nicht in diesem wahnsinnigen Tempo. Bei den Nachbarn zu klingeln war für mich schon ein Riesenerfolg! Wenn du mir also noch eine Chance gibst, beweise ich dir, dass ich mich ändern kann, Luna.

Das verspreche ich.

Nach 5 Minuten
Luna:
Tom, bitte hör auf. Das hat doch jetzt alles keinen Sinn mehr. Es war falsch von mir, dich derart unter Druck zu setzen, und du hättest nicht lügen dürfen. Aber so ist es eben. Wir können unsere E-Mail-

Freundschaft nicht weiterführen wie bisher, das würdest du selbst nicht wollen.
Diese ganze Sache lässt sich nicht wiedergutmachen.

Nach 40 Sekunden
Tom:
Warum? Wir könnten es doch noch mal versuchen und uns einfach mehr Zeit lassen! Warum soll das nicht gehen, Luna – und wieso zum Teufel sollte ich das nicht wollen?!

Nach 30 Sekunden
Luna:
Weil ich die letzte Nacht mit Patrick verbracht habe.

Am nächsten Morgen (25. März, 09:02)
Luna:
Tom?

Nach 9 Tagen (3. April, 23:50)
Luna:
Tom ...?

12. KAPITEL

Nach 3 Monaten (5. Juli, 21:34)

Luna:

Betreff: Dear Sir

Haben Sie nicht glucklich mit Ihre Lange?

Versuche mit ULTRA-GROW! Garantiert von 20% Wachstum fur Ihr "little friend". Die Ladies gehen Ihn zu lieben!

Free shipping & diskrete Versand.

Beste Wunsche von Roy!

www.ultra-grow_your_little_friend.com

Am nächsten Abend (6. Juli, 18:09)

Tom:

Hallo Luna,

von deinem E-Mail-Konto wird Spam verschickt (siehe unten). In der Regel hilft es schon, das Passwort zu ändern.

Viele Grüße

Tom

Nach 2 Stunden

Luna:

Oje, Entschuldigung. Und danke für den Tipp!

LG

Luna

Am nächsten Abend (7. Juli, 18:25)

Tom:

Gern geschehen!

Tom

Nach 4 Minuten
Luna
…

Nach 30 Sekunden
Tom:
Was bedeutet das?

Nach 25 Sekunden
Luna:
Das war ein peinliches Schweigen.

Nach 40 Sekunden
Tom:
Oh. Sag mal, Luna – hast du auch das Gefühl, als wäre der sprichwörtliche Elefant im Zimmer?

Nach 5 Minuten
Luna:
Ja, ein Elefant namens Ultra-Grow. Tom, was ist mit dir passiert? Früher hättest du keine solche „little friend"-Mail von mir bekommen können, ohne mit einem sarkastischen Kommentar zu reagieren. Ich weiß nicht, ob ich mich gerade wie deine Urgroßtante fühlen soll oder wie dein Steuerberater. Sind wir einander wirklich so fremd geworden?

Wenn du jetzt mit „Ja" antworten möchtest, lass es, und wir kehren einfach in unser Schweigen zurück. Es ist schon schlimm genug, dass mir beim Thema Penisverlängerung zum Heulen zumute ist.

Nach 2 Minuten
Tom:
Tut mir leid. Ich wusste nicht, ob ich dir solche Kommentare noch schreiben darf. Wenn du möchtest, schicke ich dir sofort mindestens drei Stück!

Nach 50 Sekunden
Luna:
Das kommt zu spät, jetzt will ich sie nicht mehr.

Nach 30 Sekunden
Tom:
Und was machen wir nun? Ich würde ja Roy um Rat fragen, aber ich glaube nicht, dass das Thema „Zu-*spät*-Kommen" zu seinen Spezialgebieten gehört.

Nach 6 Minuten
Luna:
Tom, bitte nicht! Jetzt klingst du doch wie früher, und das macht die ganze Sache nur noch schlimmer.
 Ich habe dich vermisst, verstehst du? So sehr, dass ich den Signalton auf meinem Handy ändern musste, weil jede ankommende Mail mein Herz ein paar Schläge überspringen ließ. Ich musste auch den Standort meines Computers wechseln, nachdem ich beim Blick aus dem Wohnzimmerfenster nur noch daran denken konnte, wie ich damals meine Mails an dich in die Dunkelheit hinausgeschickt habe. Und wenn ich nicht schlafen kann, ziehe ich den Rentier-pulli über. Dabei hat es jetzt in der Nacht bis zu zwanzig Grad.

Nach 2 Minuten
Tom:
Glaubst du ernsthaft, mir ging es besser, Luna? Ich hatte sogar fest geplant, dir in zwei oder drei Wochen wieder eine Mail zu schicken, aber jetzt sind du und Roy mir eben zuvorgekommen.

Nach 40 Sekunden
Luna:
Und wieso ausgerechnet in drei Wochen? Weil dann aus einer verflucht langen Sendepause eine beschissen lange Sendepause geworden wäre?

Nach 25 Sekunden
Tom:
Haben Sie nicht glucklich mit Ihre Lange?

Nach 1 Minute
Luna:
Okay, Tom, du hast es geschafft: Ich musste lachen.

Nach 50 Sekunden
Tom:
Perfekt, dann zähle ich das als mein Erfolgserlebnis des Tages und kann beruhigt offline gehen.
Hab noch einen schönen Abend!

Nach 3 Tagen (10. Juli, 20:16)
Luna:
Betreff: Was lange währt …
Lieber zukünftiger Kunde!

Sie haben es satt, dass Ihre Frau oder Freundin im Bett für den Oscar trainiert? Würde der Satz „In der Kürze liegt die Würze" zutreffen, gliche ihr Liebesleben einem mexikanischen Gericht ...?

Mit unseren blauen Pillen erwartet Sie ein ebenso blaues Wunder! Bestellen Sie jetzt rezept- und versandkostenfrei – für echte Höhepunkte und gegen gespielte Kopfschmerzen.

www.ein-bisschen-kommt-es-doch-auf-die-laenge-an.com

Am nächsten Abend (11. Juli, 18:04)
Tom:
Hallo Luna,
    hast du zufällig den Job gewechselt und bist jetzt Pharmavertreterin, oder warum möchtest du Pillen an mich verticken?
    Es grüßt dich – weit außerhalb der Zielgruppe – Tom

Nach 7 Minuten
Luna:
Was? Nein, natürlich nicht! Hat sich etwa wieder jemand in meinen Account gehackt?

Nach 3 Minuten
Tom:
Rentierpullimädchen, du bist süß. Ich habe noch nie zuvor eine sprachlich derart ausgefeilte, gewitzte und leicht zynische Spam-Mail erhalten. Finde dich damit ab, dass du keinen fremden Stil faken kannst,

sondern immer so klingst wie du selbst! Jetzt stellt sich nur die Frage:

Wofür genau trainierst du da – und bekomme ich noch eine Kostprobe, sobald du es beherrschst?

Nach 1 Stunde
Luna:
Betreff: Schuldig im Sinne der Anklage
Na schön, Tom. Das fällt mir jetzt zwar nicht leicht, aber:

Die zweite „Spam-Mail" stammte tatsächlich von mir. Ist es denn meine Schuld, wenn die Roys dieser Welt nicht zur Stelle sind, wenn man sie braucht? Ich wollte einfach wieder ein Gespräch mit dir anfangen, und nachdem das mit der „little friend"-Mail so gut funktioniert hat, dachte ich ... Ach, verdammt, ich weiß gar nicht genau, was ich dachte. Wahrscheinlich hab ich überhaupt nicht viel gedacht, sondern eher gefühlt:

Wie schön es war, nach der langen Zeit von dir zu lesen.

Wie ich plötzlich wieder Herzklopfen bekomme, wenn ich meinen Posteingang aufrufe.

Und wie sich mein Magen vor Enttäuschung zusammenzieht, wenn mich dort nicht viel mehr erwartet als Updates von Zalando und (zugegebenermaßen) schlecht geschriebener Spam.

Ich habe einmal gehört, dass trockene Alkoholiker keine Rumpralinen essen dürfen, weil das kleinste bisschen Alkohol genügt, um erneut die Sucht in ihnen zu wecken. Deine Mail war anscheinend so eine Praline, die mich wieder abhängig gemacht hat. Geht es dir vielleicht ähnlich …?

Am nächsten Morgen (12. Juli, 10:03)
<u>Luna:</u>
Betreff: Schon verstanden
Alles klar, Tom, dir geht es offensichtlich nicht so. Tut mir leid, dass ich dich genervt habe.
Bis irgendwann mal (?)
Luna

Nach 8 Stunden
<u>Tom:</u>
Liebe Luna,
nimm es mir bitte nicht übel, aber zur Hellseherin bist du ebenso wenig berufen wie zum Viagra-Dealer.
Woher glaubst du zu wissen, wie es mir geht?

Nach 7 Minuten
<u>Luna:</u>
Ich merke es daran, wie lange du brauchst, um mir zurückzuschreiben. Früher war der Signalton am Handy wie ein Feueralarm für uns beide:
Sofort haben wir alles stehen und liegen gelassen und sind in den Posteingang gestürmt. Ich musste selten länger auf deine Antwort warten als einige Minuten, vielleicht hin und wieder ein paar Stunden. Jetzt hingegen dauert es oft einen ganzen Tag, bis du auf den Feueralarm reagierst, und ich fühle mich dann schon ziemlich ausgebrannt.

Bitte versteh das nicht falsch, Tom – ich will dir deshalb keinen Vorwurf machen. Mir ist sehr wohl bewusst, was damals passiert ist, auch wenn wir momentan so tun, als hätte es zwischen uns niemals schlimmere Geständnisse gegeben als das mit dem gefakten Spam. In Wirklichkeit kann ich gut nachvollziehen, wenn du keine Lust mehr auf eine E-Mail-Freundschaft hast. Es würde mich nicht einmal wundern, wenn dir speziell die Lust auf eine E-Mail-Freundschaft MIT MIR vergangen wäre.

Darf ich dich etwas fragen, auch wenn es mich nicht das Geringste angeht? Du hast mir einmal geschrieben, du hättest Sehnsucht nach „Gesprächen, ohne reden zu müssen". Nach „Nähe aus der Ferne". Ich kann mir kaum vorstellen, dass dieses Bedürfnis in den letzten Monaten einfach verschwunden ist. Hast du dafür … ganz vielleicht … eine andere Partnerin gefunden?

Nach 5 Minuten
Tom:
Betreff: Ebenfalls schuldig im Sinne der Anklage
Liebe Luna,

du hast mich ertappt. Ja, es stimmt: Ich habe Ersatz für dich gefunden. Gleich nach jenem schicksalshaften Tag vor drei Monaten bin ich schnurstracks in eine Private Booth spaziert und habe mir ein neues Rentierpullimädchen angelacht. Nur, dass „Eiserne_Lady" selbstverständlich keine niedlichen Pullis trägt. Stattdessen hat sie die Vorliebe für Lack und Leder in mir geweckt, und auf höfliche Floskeln kann ich inzwischen auch gut verzichten. Anstelle von „Lieber Tom" heißt es bei ihr „Hergehört, Sklave!", und ich schreibe ihr nicht „Schlaf gut, liebe Elfriede", sondern: „Mögest du dein erhabenes Haupt zu Ruhe betten, o Herrin". Ist aber alles nur Gewohnheitssache.

Gezähmte Grüße von
(nicht mehr deinem) Tom

Nach 50 Sekunden
Luna:
Okay, zugegeben, die Frage war blöd. Also schreibst du mir nur noch selten zurück, weil du insgesamt keine Lust mehr auf E-Mails hast?

Nach 3 Minuten
Tom:
Nein, Luna. Ich entdecke deine Mails manchmal erst am nächsten Tag, weil ich einfach nicht mehr so oft online bin. Genauer gesagt habe ich beschlossen, das Internet abgesehen von meiner Arbeit täglich nur noch eine Stunde lang zu benutzen. Leicht ist es mir nicht gefallen, mich daran zu gewöhnen, aber ich habe festgestellt, dass man auch auf andere Weise die Zeit totschlagen kann als mit Online-Games.

Nach 1 Minute
Luna:
Oh ... Respekt. Damit hätte ich jetzt nicht gerechnet. Das heißt, du und die Orks habt euch endgültig voneinander getrennt?

Nach 2 Minuten
Tom:
Ganz genau. Es war ein tränenreicher Abschied, doch tief in unseren Herzen haben wir gefühlt, dass die Chemie nicht stimmte. Wir wollen einfach völlig verschiedene Dinge im Leben …

Aber da labere ich die ganze Zeit von meinen Ex-Geliebten und weiß noch gar nicht, was im Hause Luna eigentlich los ist. Wie läuft es denn so bei dir/euch?

Nach 40 Sekunden
Luna:
Wir werden bald in eine neue Wohnung ziehen.

Nach 5 Minuten
Tom:
Klingt ja super.

Nach 20 Sekunden
Luna:
Ist es auch.

Nach 35 Sekunden
Tom:
Dann kann ich jetzt wohl wieder offline gehen.

Nach 30 Sekunden
Luna:
Klar, wenn du willst. Viel Spaß noch bei … was auch immer.

Nach 6 Stunden
Tom:
Betreff: Was auch immer
Liebe Luna, du kannst nicht schlafen, oder?

Nach 4 Minuten
Luna:
Ach, Tom. Woher weißt du denn das schon wieder?

Nach 40 Sekunden
Tom:
Manche Fähigkeiten verliert man nicht. Ist wie Fahrradfahren.

Nach 30 Sekunden
Luna:
Hast du deine Internet-Zeit für heute nicht verbraucht?

Nach 35 Sekunden
Tom:
Mitternacht ist ja bereits vorüber. Außerdem war ich immer schon ein Bad Boy, wie du weißt.

Nach 20 Sekunden
Luna:
…

Nach 20 Sekunden
Tom:
War das wieder ein peinliches Schweigen?

Nach 50 Sekunden
Luna:
Nein, eher ein nostalgisches Schweigen. Ein „Auf-die-Lippen-beiß"-Schweigen. Ein „Halt die Klappe, Luna, das bringt doch jetzt alles nichts mehr"-Schweigen.

Nach 30 Sekunden
Tom:
Lass bloß deine Lippen in Ruhe, Luna. Gute Nacht.

Nach 2 Tagen (14. Juli, 18:05)
Tom:
Betreff: Kleiner Tipp am Rande
Liebe Luna,
nur für den Fall, dass du gerade packst, würde ich dir gerne einen Rat geben: Vergiss nicht, die Umzugskartons zu beschriften! Ich weiß, das ist naheliegend, aber trotzdem nehme ich an, dass die meisten Menschen ganz einfach drauf pfeifen. Man hat doch sowieso vor, gleich nach dem Umzug alles einzusortieren, wozu dann die Mühe?

Tja, während ich dir das schreibe, fühle ich unter dem Schreibtisch zwei, drei Kisten mit Krimskrams, den ich jetzt unmöglich benennen könnte, aber bestimmt schon zigmal gesucht habe. Und du weißt, wie viel Zeit ich gehabt hätte, um meine Wohnung perfekt einzurichten … Also: Filzstift raus und los! Sonst verbringt ihr die ersten Tage und Wochen in eurem neuen Heim mit einer verschärften Version von „Wo ist Walter?" (wobei „Walter" hier für den

Wasserkocher, den Regenschirm, die Waschmitteldosierhilfekugel oder Ähnliches steht).
Wohlmeinende Grüße von Tom
P.S. Wann genau zieht ihr eigentlich um?

Nach 4 Minuten
Luna:
Mit diesem Schicksal werden wir uns wohl abfinden müssen, denn für deinen Rat ist es bereits zu spät. Glücklicherweise eignet sich Ozzie perfekt zum Spürhund! Wenn ich ihm befehle: „Such XY", tut er genau das (wobei „XY" in jedem Fall für seinen Kauknochen steht).
Wir übersiedeln schon nächste Woche, aber mach dir mal keine Sorgen um das bevorstehende Chaos. Ich nehme nur das Allernotwendigste mit, sonst wäre mir der Transport zu umständlich. Es winkt dir von irgendwo zwischen den Kisten …
Luna

Nach 6 Minuten
Tom:
Wow. Schon nächste Woche. Verstehe. Aber wieso wäre dir der Transport zu umständlich? Du kannst ja einen Möbelwagen mieten.

Nach 45 Minuten
Luna:
Entschuldige, dass ich jetzt so lange gebraucht habe. Ozzie musste ganz dringend raus – er hat wohl etwas Falsches gefressen.

Klar, ich könnte einen Möbelwagen mieten, aber den bräuchte ich dann für mindestens acht Stunden. Ist ja ein weiter Weg bis nach Zürich.

Schreibst du mir morgen wieder?

Liebe Grüße
Luna

Nach 1 Minute
Tom:
Du ziehst in die Schweiz???

Nach 40 Sekunden
Luna:
Was ist mit deiner Internet-Zeit, Tom? Die müsste doch jetzt wieder vorbei sein.

Nach 30 Sekunden
Tom:
Scheiß auf meine Internet-Zeit! Ich will wissen, warum du mir quasi zwischen Tür und Angel erzählst, dass du verdammt noch mal das Land verlässt!

Nach 4 Minuten
Luna:
Das ist eine längere Geschichte. Kurz gefasst hat mein Erzeuger dort ein Haus gekauft und mir erlaubt, gratis eine der Wohnungen zu beziehen. Wahrscheinlich möchte er Wiedergutmachung dafür leisten, dass er mir meine Jugend versaut hat. Im Grunde habe ich überhaupt keine Lust, nach Zürich zu übersiedeln, und erst recht nicht, den Kontakt zu

meinem Vater aufzunehmen, aber so eine Chance bekommt man selten im Leben. Außerdem kann ich ja versuchen, ihm aus dem Weg zu gehen.

Im Übrigen begreife ich nicht, warum du dich so aufregst. Es macht doch für dich keinen Unterschied, ob ich nur eine Straße von dir entfernt wohne oder in der Schweiz oder in Timbuktu.

Nach 50 Sekunden
Tom:
Du hast ja nicht die geringste Ahnung, Luna. Macht es für *dich* denn auch keinen Unterschied?

Nach 7 Minuten
Luna:
Doch, einen gewaltigen sogar, aber gerade deswegen habe ich mich dazu entschlossen. Ich brauche eine Veränderung. In den vergangenen Monaten habe ich mich wie in der Wartehalle eines Bahnhofs gefühlt, obwohl ich den Zug längst verpasst habe. Oder – ich glaube, so hast du es mal genannt – wie in einer Geisterstadt: Um mich herum schweben ständig die Erinnerungen an meinen verlorenen Job bei der Zeitung und an meine gescheiterte Beziehung, und wenn ich hierbleibe, werde ich diese Schatten der Vergangenheit niemals los.

Aber noch viel mehr als vor meiner früheren Arbeitsstelle und Patrick flüchte ich vor dir. Sobald ich ganz rational, ganz „offiziell" von dir entfernt bin, kann ich vielleicht endlich damit aufhören, mir falsche Hoffnungen zu machen.

Ich versuche jetzt zu schlafen. Gute Nacht.

Nach 40 Sekunden
Tom:
Warte mal, Luna! Bitte warte noch – was soll das heißen, du flüchtest vor Patrick? Ich dachte, du ziehst jetzt mit ihm zusammen?!

Nach 30 Sekunden
Luna:
Das habe ich nie behauptet.

Nach 35 Sekunden
Tom:
Doch, das hast du! Auf meine Frage, wie es dir und Patrick geht, hast du geantwortet:
„Wir werden bald in eine neue Wohnung ziehen!"

Nach 2 Minuten
Luna:
Tom, ich habe jetzt noch einmal nachgelesen, um zu verstehen, was du meinst. Du hast mich gefragt, was es „IM HAUSE LUNA" Neues gäbe – und mein „Wir" bezog sich auf Ozzie und mich!

Nach 50 Sekunden
Tom:
Ach du Sch…
    Oh Mann, ich steh gerade total neben mir. Das heißt also, du hast dich von Patrick getrennt?

Nach 25 Sekunden
Luna:
Ja, und du wusstest das. Erinnerst du dich an die Nacht vor meinem Geburtstag?

Nach 30 Sekunden
Tom:
Ich bin davon ausgegangen, du wärst wieder mit ihm zusammen. Seit dieser … *anderen* Nacht. Und an die erinnere ich mich ganz genau.

Nach 12 Minuten
Luna:
Betreff: Die „andere" Nacht
Lieber Tom,
     möglicherweise erinnerst du dich doch nicht so genau daran, wie du denkst.
     Es stimmt, damals bin ich aus einem ersten Impuls heraus zu Patrick gefahren. Du hattest mir mit deinem Geständnis den Boden unter den Füßen weggezogen. Während unseres ganzen Mutproben-Spiels bin ich auf eine gemeinsame Zukunft mit dir zugesteuert, die es überhaupt nicht geben konnte, das hast du mir unmissverständlich klargemacht:
     „Ganz bestimmt nicht in dieser Woche, und vielleicht niemals."
     Danach war ich so aufgelöst und durcheinander, dass ich unbedingt mit jemandem reden musste. Ich wollte unsere „Tom-and-Luna"-Geschichte von Anfang bis Ende erzählen, ohne zu verschweigen, dass du mich in einem Erotik-Chatroom getroffen

hast. Dazu brauchte ich eine Person, bei der es mir vollkommen egal ist, wie sie über mich denkt ... und Patrick war der perfekte Kandidat.

Natürlich hat er nicht gerade begeistert gewirkt, für mich die Kummertante spielen zu müssen, aber das war mir egal. Ich habe mich bei ihm aus- und danach auf seinem Sofa in den Schlaf geheult. Als ich dir am nächsten Tag geschrieben habe, ich hätte die Nacht „bei Patrick verbracht", entsprach das der vollen Wahrheit. Die Wörtchen „bei" oder „mit" sind hier ebenso bedeutungstragend wie das M in „meine Freundin"! Mir war klar, dass du es wohl trotzdem falsch verstehen würdest, aber in gewisser Weise habe ich es darauf angelegt. Du solltest die Möglichkeit haben, das Ende unserer E-Mail-Beziehung auf mich zu schieben, auf meine „Rückkehr" zu Patrick. So war ich nicht gezwungen, dir vorzuwerfen, dass alles an deiner Phobie gescheitert ist.

Auch jetzt noch fällt es mir schwer, dir das zu schreiben. Wie mies ist es, jemanden wegen seiner Ängste zu verlassen? Aber so leid es mir tut, ich kann einfach nicht mehr. Es macht mich fertig, zu wissen, dass mein ganz persönliches Happy End nur einen Klick entfernt ist – und dass ich es trotzdem niemals erreichen werde. Du bist das Beste und das Schlimmste, was mir jemals passiert ist, Tom. Und deshalb ziehe ich in die Schweiz.

Nach 3 Minuten
Tom:
Was, wenn ich dich bitte, nicht zu gehen?

Nach 20 Sekunden
Luna:
Schreib das nicht, Tom. Mach mir die Sache nicht noch schwerer!

Nach 25 Sekunden
Tom:
Und wenn ich dich *persönlich* bitte, nicht zu gehen?

Nach 30 Sekunden
Luna:
Du musst dich auch nicht überwinden, mich anzurufen.

So sehr ich mich darüber freuen würde, deine Stimme zu hören … das ändert jetzt gar nichts mehr.

Nach 17 Minuten
Tom:
Liebe Luna,

vielleicht muss ich auch mal ein paar Dinge klarstellen. Du schreibst, dass du mir die Möglichkeit geben wolltest, dir für das Ende unserer E-Mail-Beziehung die Schuld zuzuschieben. Ich sollte nicht erkennen, wie sehr meine Phobie mein Leben zerstört. Das war großzügig und ganz schön clever von dir, und vermutlich hätte es früher sogar funktioniert.

Früher, das heißt – ehe ich dich getroffen habe. Nach unserem Abschied vor drei Monaten wusste ich allerdings genau, wie sehr ich es verbockt hatte, und dass ich keine Zeit mehr verlieren durfte.

Ich habe nicht vor, hier irgendetwas zu beschönigen, Luna. Auf der Fahrt zur Klinik hab ich in eine Papiertüte gereihert, und das hatte nichts damit zu tun, dass mir in Autos generell schlecht wird oder so. Während der ersten Zeit außerhalb meiner Wohnung ging es mir insgesamt mehr als dreckig. Vor allem, weil mir die Ärzte meinen wichtigsten Zufluchtsort verbaut hatten: Ich durfte für die Dauer meines gesamten Klinikaufenthalts nie das Internet benutzen. Anderthalb Monate lang war ich also komplett weg vom (Browser-)Fenster.

Nach meiner Entlassung musste ich weiterhin zur Therapie – anfangs dreimal pro Woche, jetzt nur noch zweimal. Außerdem darf ich nun wieder online gehen, aber eben nur für kurze Zeit, und ich soll jeden Tag einen kleinen Erfolg verbuchen. Darauf hast du mich mit dem „Mutproben-Spiel" schon ganz gut vorbereitet.

Inzwischen bin ich mit den Oliven-Nachbarn per Du und habe auch (etwas verspätet) an der Dönerbude um die Ecke gegessen. U-Bahn-Fahren ist für mich immer noch nicht das Wahre, und das wollte ich eigentlich schaffen, ehe ich mich wieder bei dir melde, aber dann hat ja unser „little friend" Roy Schicksal gespielt. Irgendwann kriege ich das schon hin, und einstweilen kann ich mir auch anders behelfen. Im Taxi ist es ohnehin viel gemütlicher, E-Mails zu schreiben.

Grünthalgasse 44, Tür 23 stimmt noch, nehme ich an …?

Nach 5 Minuten

Luna:

Oh Gott, ich – ich verstehe nicht, was da passiert. Ich kann nicht mehr klar denken! Du bist nicht gerade auf dem Weg zu mir, oder?

Nach 3 Minuten

Tom:

Du brauchst auch nicht viel zu denken. Antworte einfach auf meine Frage:

Wenn ich jetzt gleich an deiner Tür läute und dich bitte, nicht zu gehen ... was dann, Luna?

EPILOG

Nach 3 Wochen (4. August, 10:25)
Luna:
Betreff: Es tut mir leid
Hallo,

ich habe ein furchtbar schlechtes Gewissen, weil ich mich erst jetzt melde. Eigentlich wollte ich es schon längst tun, aber in den vergangenen Tagen hat sich bei mir unendlich viel verändert ... und ehrlich gesagt habe ich mich auch davor gedrückt, diese Mail zu schreiben. Abschiede waren noch nie meine Stärke.

Während der letzten Monate habe ich mich so sehr daran gewöhnt, die Abende vor dem Laptop zu verbringen, dass ich es mir kaum anders vorstellen kann. Dabei wollte ich mich anfangs gar nicht darauf einlassen. Bestimmt erinnerst du dich noch, wie du mich überreden musstest und ich mich erst nach und nach geöffnet habe. „Anonyme Intimität" war nicht leicht für mich zu erlernen, aber du hast mir geholfen, selbstbewusster zu werden, und ich betrachte diese Phase als Entwicklungsschritt. Inzwischen habe ich mich verändert, sodass es Zeit für mich ist, weiterzugehen. Trotzdem werde ich nie vergessen, wie sehr du mir geholfen hast, als ich ganz am Boden war. Danke und noch ein schönes Leben!

Luna

Nach 5 Minuten
Tom:
Ähm, okay. Was genau möchtest du mir jetzt damit sagen?

Nach 3 Minuten
Luna:
Lieber Tom,

hoppla, da wollte ich eigentlich noch einen Kommentar hinzufügen, ehe ich es an dich weiterleite. Du weißt schon, das ist die Mail, von der ich dir gestern erzählt habe. Mir ist es echt schwer gefallen, diesen Text zu formulieren. Wenn es eine normale Kündigung wäre, okay; aber nach all den Monaten kenne ich Elfriede ziemlich gut, und sie ist sensibler, als sie auf den ersten Blick wirken mag.

Zum Glück habe ich ja nun einen selbsternannten Profi für Bewerbungsschreiben an meiner Seite, der mir hoffentlich auch dabei helfen wird, diesen Abschiedsbrief zurechtzufeilen ...?

Mit großen, bettelnden Bambiaugen –
deine Luna

Nach 50 Sekunden
Tom:
Moooment mal. Soll das etwa heißen, Elfriede a.k.a. Eiserne_Lady ist die Betreiberin der Private-Booth-Webseite??

Nach 40 Sekunden
Luna:
Ja, das hab ich dir doch erzählt. Oder hab ich nicht? Entschuldige, ich bin total konfus vor lauter Müdigkeit. Diese mitternächtlichen Deadlines sind ganz schön hart!

Nach 2 Minuten
Tom:
Ich weiß, arme kleine Karla Kolumna. Ich hab dich gestern im Halbschlaf tippen und fluchen gehört. Übrigens, wäre das nicht ein typisches ZEIT-GESPENST-Thema: Wie das Internet unseren Tag-Nacht-Rhythmus durcheinanderbringt? Aber du wirst dich schon noch daran gewöhnen.

Was das Kündigungsschreiben anbelangt, bin ich gerne zu einem Tauschgeschäft bereit: Ich korrigiere deinen Text, wenn du mich nachher samt Ozzie von meiner Therapie abholst. Deal?

Nach 45 Sekunden
Luna:
Deal. Dafür suche ich heute Abend den Film aus (ja, das wird einer mit besonders kitschigem Happy End), und vorher hau ich mich noch für eine Stunde aufs Ohr.

Küsschen mit extra viel Pfefferminzgeschmack!

Nach 20 Sekunden
Tom:
Schlaf gut, liebe Luna.

\#

DANKSAGUNG

Von: kira_gembri@hotmail.com
An: Jeden, der es bis hierher geschafft hat
Betreff: Danke
Liebe Leserinnen, liebe Leser,
  wer mich ein bisschen kennt, weiß, dass ich eine Schwäche für Dialoge habe. Und wer schon mal konzentriert neben mir arbeiten oder in Ruhe schlafen wollte, weiß das vermutlich besser, als es ihm lieb ist …
  Eine Geschichte zu schreiben, die komplett aus Dialogen besteht, hat mir deshalb wahnsinnig viel Spaß gemacht, und ich hoffe, dass man das beim Lesen auch ein bisschen spürt. Danke, dass ihr dieser etwas ungewöhnlichen Romanform eine Chance gegeben habt! Über Rückmeldungen per Mail und über Amazon-Rezensionen freue ich mich immer sehr. (Ich bitte euch nur darum, nicht zu viel über Lunas und vor allem Toms Geheimnisse zu verraten, damit sie jeder selbst herausfinden kann :)
  An dieser Stelle möchte ich mich außerdem von ganzem Herzen bei Eileen Janket und Hannah Siebern bedanken, die für jedes meiner „Buchbabys" Patentanten spielen;
  ebenso bei den Mädels der Leserunde für wunderbare Gespräche und fürs Mutmachen;
  und natürlich bei M., seines Zeichens Ideen-Lieferant, Gute-Nacht-Geschichten-Publikum und manchmal auch Gast in meinem Posteingang.
  Alles Liebe
  eure Kira
  www.facebook.com/kira.gembri

Weitere Romane von KIRA GEMBRI

Ein Teil von uns

Nia ist schüchtern und in sich gekehrt und vermeidet jedes Risiko.

Aaron hat immer einen frechen Spruch parat und sehnt sich nach Abenteuern.

Klar, dass es nicht gerade Liebe auf den ersten Blick ist, als sie einander begegnen. Doch seit Nia ihm das Leben gerettet hat, fühlt Aaron sich in ihrer Schuld. Er würde nahezu alles tun, um dieses Gefühl loszuwerden – und als Nia unerwartet ein Haus in Australien erbt, sieht Aaron seine Chance gekommen. Wenn es sein muss, bringt er dieses Mädchen auch bis ans andere Ende der Welt ...

Seit dem Frühjahr 2016 im ARENA Verlag.

.

Wenn du dich traust

Lea zählt – ihre Schritte, die Erbsen auf ihrem Teller, die Blätter des Gummibaums. Sie ist zwanghaft ordentlich und meistert ihren Alltag mit Hilfe von Listen und Zahlen.
    Jay dagegen lebt das Chaos, tanzt auf jeder Party und hat mit festen Beziehungen absolut nichts am Hut. Niemals würde er freiwillig mit einem Mädchen zusammenziehen, schon gar nicht mit einem, das ihn so auf die Palme bringt wie Lea. Und Lea käme nie auf die Idee, mit Jungs zusammen zwischen Pizzakartons und Schmutzwäsche zu hausen. Sonnenklar, dass es zwischen den beiden heftig kracht, als sie aus der Not heraus eine WG gründen ...
    Seit dem Sommer 2015 im ARENA Verlag.

Verbannt zwischen Schatten und Licht

So hat Lily sich den Start an ihrer neuen Schule wirklich nicht vorgestellt: Schon am ersten Tag setzt ihre überdrehte Freundin Jinxy alles daran, sie zu verkuppeln, und ihr angeborener Hang zum Pechvogeldasein lässt sie von einem Fettnäpfchen ins nächste stolpern. Umso überraschter ist Lily deshalb, als sie um ein Date gebeten wird - und das ausgerechnet von dem umwerfend gut aussehenden Rasmus (aka "Mr Schlafzimmerblick")! Doch dann verläuft das Treffen ganz anders als erhofft, und wenig später wird Rasmus in einen rätselhaften Unfall verwickelt. Während Lily noch glaubt, Prügeleien auf Partys und Peinlichkeiten auf dem Schulball seien die größten Probleme, mit denen sie fertigwerden muss, wird sie bereits hineingezogen in eine Rivalität zwischen Schatten und Licht ...

Romantische Fantasy für Erwachsene und Jugendliche ab 12 J.

The Diamond Guys: Liam

Rayne Adams ist am Boden zerstört – nicht nur, dass ihr Exfreund sie zu seiner Hochzeit eingeladen hat (via Facebook!), nun wurde sie auch noch aus ihrer Streetdance-Truppe geworfen. Als sie sich in einer Disco den Frust von der Seele tanzt, wird Liam auf sie aufmerksam. Der „Diamond Guy" hat ebenfalls gerade Stress in seinem Job: Dank seines dezent übersteigerten Selbstbewusstseins hat er sich bisher immer auf sein attraktives Äußeres verlassen, kann aber tänzerisch nicht mit den anderen Jungs mithalten. Rayne erklärt sich bereit, ihm bis zum nächsten großen Event im Diamond Club ein paar heiße Moves beizubringen, doch nur unter einer Bedingung: Er muss für die Dauer des Trainings enthaltsam bleiben. Und das bedeutet für den Frauenhelden eine noch viel größere Herausforderung als das Tanzen ...

„Liam (The Diamond Guys)" ist der erste Band einer Serie rund um die Tanztruppe aus Miami. Jede Geschichte ist in sich abgeschlossen.

Santa's Baby

Lara ist alleinerziehende Mutter, Angestellte in einer Buchhandlung und darüber hinaus vor allen Dingen eins: ein riesengroßer Weihnachtsmuffel. Ausgerechnet sie lernt im Supermarkt einen Weihnachtsmann kennen, der ihre Gefühle bald Achterbahn fahren lässt. Unter dem falschen Bart und der roten Mütze steckt nämlich Finn, Besitzer des absolut unverschämtesten Grinsens und ein Weihnachtsfan durch und durch. Lara hat aus ihrer letzten gescheiterten Beziehung gelernt, in ihr Schlafzimmer und erst recht in ihr Herz keinen Mann mehr zu lassen – aber gilt das auch für einen Weihnachtsmann mit blaugrünen Augen …?

Ein humorvoller Kurzroman in 24 Kapiteln über eine prickelnde Liebe zur Weihnachtszeit.

Printed in Poland
by Amazon Fulfillment
Poland Sp. z o.o., Wrocław